王阳明馆藏文献典籍普查、复制和研究丛书

王阳明著述提要

连玉明　陈红彦　主编

李文洁　贾大伟　刘　悦
李　坚　卢芳玉　刘　赟　著
韩　旭

學苑出版社

图书在版编目（CIP）数据

王阳明著述提要 / 李文洁等著. -- 北京 ：学苑出版社，2019.5

（王阳明馆藏文献典籍普查、复制和研究丛书 / 连玉明，陈红彦主编）

ISBN 978-7-5077-5695-1

Ⅰ. ①王… Ⅱ. ①李… Ⅲ. ①王守仁（1472－1528）－著作－内容提要 Ⅳ. ①Z89：B248.2

中国版本图书馆CIP数据核字(2019)第088753号

责任编辑：战葆红
出版发行：学苑出版社
社　　址：北京市丰台区南方庄 2 号院 1 号楼
邮政编码：100079
网　　址：www.book001.com
电子信箱：xueyuanpress@163.com
联系电话：010-67601101（营销部）　67603091（总编室）
经　　销：新华书店
印 刷 厂：北京赛文印刷有限公司
开本尺寸：787×1094　1/16
印　　张：14.5
字　　数：220 千字
版　　次：2019 年 5 月第 1 版
印　　次：2019 年 5 月第 1 次印刷
定　　价：148.00 元

編　委　會

總 序

習近平總書記指出："體現一個國家綜合實力最核心的、最高層的，還是文化軟實力，這事關一個民族精氣神的凝聚。我們要堅持道路自信、理論自信、制度自信，最根本的還有一個文化自信。"同時，他指出王陽明的心學正是中國傳統文化中的精華，也是增強中國人文化自信的切入點之一。

王陽明（1472—1529）名守仁，字伯安，浙江余姚人，由他所弘揚的心學，力倡"心即是理"，在中國優秀傳統文化的發展中獨樹一幟。他的學術思想，在當時即有衆多弟子傳習，在江浙、湘贛、閩粵等地形成不同的學派，並傳至日本、朝鮮半島等東亞地區。他的講學語録和詩文序記，由其門人整理匯編，通過《傳習録》《陽明先生文録》《王文成公全書》等流傳至今。王陽明的學術思想有着廣泛而深遠的影響，他所倡導的"致良知""知行合一"，對當今社會仍有重要的現實意義。

王陽明少年立志，以"讀書學聖賢"爲第一等事。28 歲，登進士第，授刑部主事。34 歲，因觸犯逆宦劉瑾，貶謫貴州龍場。在瘴癘蠱毒、衣食難繼的惡劣環境下，陽明從容自持，成就了"龍場悟道"的突破。他重新闡釋《大學》格物致知之旨，云："始知聖人之道，吾性自足，向之求理於事物者，誤也。"此處的"反求諸心"是王陽明心學體系建立的基礎，"致良知""知行合一""心即是理"等心學要語，一義貫通而有所遞進，使得陽明心學的理念愈發明晰和完善。王陽明以勤王、平叛建立卓越功勛，但卻仕宦起伏、百死千難，更加磨礪了他身心性命之學，所謂"自經宸濠、忠、泰之變，益信良知真足以忘患難、出生死”。王陽明一生的經歷正可爲“知行合一”做一個很好的注脚。

正德元年（1506）王陽明被貶爲貴州龍場驛驛丞，三年（1508）春至龍場，五年（1510）三月升江西廬陵知縣，王陽明在貴州大約生活兩年，寫下《居夷詩》百余首，《五經臆説序》《龍場生問答》《象祠記》《何陋軒記》《瘞旅文》等書信、序記、墓誌銘、祭文等30余篇。謫居貴州期間的“龍場悟道”，是陽明心學體系建立的重要標誌；而王陽明於貴州，亦開興文重教之風氣。王陽明先後在龍崗書院、貴陽書院講學，使當時“連峰際天”“飛鳥不通”之地從此文教漸興。身處多民族聚居的貴州，王陽明不僅教當地百姓以土木築房，從最初的言語不通到日漸親狎，而且調和思州太守與當地百姓的矛盾，勸誡水西宣慰使平叛安民。貴陽市修文縣城東棲霞山，至今保存着“陽明洞”遺跡，以紀念王陽明。

基於王陽明與貴州的深厚淵源，貴陽市委於2015年10月批準成立陽明文化（貴陽）國際文獻研究中心，重點開展陽明文化文物文獻普查、整理與研究工作。該工作得到了國家文物局的大力支持，並發函要求國家圖書館對陽明文化文物文獻的資料收集與復制工作給予支持與協助。2016年6月，貴陽市委致函國家圖書館，希望雙方聯合普查王陽明相關文物、文獻，並開展相應的復制和研究。國家圖書館迅疾予以回應並開始進行文獻摸查、專家討論等工作。同年11月，國家圖書館接受貴陽市政府的委托，開展國家圖書館藏王陽明相關古籍特藏文獻普查、研究和高仿復制工作。陽明文化（貴陽）國際文獻研究中心作爲代貴陽市政府行使該項目職責的單位，配合國家圖書館古籍館，積極參與文獻的普查、整理與研究，在該工作的開展過程中發揮了重要作用。經過兩年的艱苦努力，已形成《王陽明文獻普查目録》《王陽明著述篇目索引》《王陽明著述序跋輯録》《王陽明著述提要》四個重要研究成果。

《王陽明文獻普查目録》全面揭示國家圖書館所藏王陽明相關古籍文獻現狀，同時重點普查含香港、臺灣地區在内的15家圖書館收藏情況，所涉文獻按載體形態分古籍、碑帖兩部分，其中古籍按内容分爲王陽明著述、王陽明著述整理闡釋類文獻、譜傳資料三類。古籍部分在調查各館館藏的基礎上，以《中國古籍善本書目》《中國古籍總目》進行核查和增補，對各家著録方式進行適當規範、歸並。碑帖部分則僅就大陸已公布的收藏信息加以著録。普查目録同時搜輯方誌輯録詩文和王陽明弟子、後學著述，二者可從零篇散帙和王學整體兩個角度，爲王陽明研究提供更多資料。

王陽明著述以別集、全集、選輯、叢編等不同方式纂輯，在流傳過程中形成不同版本，各版本所收篇目的多少、編輯的次序，一定程度上反映了王陽明著述在流傳過程中的内容變化和版本源流。《王陽明著述篇目索引》旨在通過篇目分析、對比列目的方式，展示王陽明著述的單篇文章在各書中的收録情況。索引的“篇目對照”，以國家圖書館所藏三陽明著述爲文獻基礎，以明隆慶六年（1572）謝廷傑刻《王文成公全書》爲篇目對照基準，列出各書收録此篇的情況，並簡要標明篇題異名、節略增改等情況；“音序索引”按音序排列各篇，並注明所屬書籍，以便檢索。索引另列《王文成公全書》未收而見於他書的篇目約170條，按語録、詩文、公移的順序排列，可爲王陽明詩文的輯佚工作提供線索。

《王陽明著述序跋輯録》輯録國家圖書館所藏王陽明著述序跋，以期直觀反映王陽明著述的編撰緣起、刊刻始末，並進一步明了王陽明著述對當時的影響及後世的流傳。本書從60余種王陽明著述（含年譜2種）輯出古籍序跋260多篇、碑序跋10篇。先分類排序，再一一録出書内序跋。如某一序跋爲多書所收，録出較早版本中的序跋文字，再次出現時如文字差異較小，以校記反映。爲便於比勘查考，《序跋輯録》以圖文對照的方式，示以序跋書影、迻録相應文字。爲便於閱讀和利用，序跋録文加以句讀、分節。

《王陽明著述提要》以版本提要的方式展示王陽明著述的基本情況和整體面貌，旨在爲學界進一步研究陽明文化提供可靠的文獻依據。提要涉及國家圖書館所藏古籍、碑帖中王陽明著述的各個版本及兩部重要王陽明年譜，適當合並相同或相近版本後，共計有古籍提要67篇、碑刻提要12篇、法帖提要33篇。提要詳細著録書名、著者、版本、行款，及卷端、扉葉、序跋等基本信息，以反映原書面貌及特征；提要概述各書内容編次、成書經過、考訂版本，以反映王陽明著述的結集和刊刻情况。碑帖部分，另釋讀碑帖原文，並附以書影，以便於研讀。

王陽明相關文獻的復制、數字化和研究工作，具有重要的學術價值和現實意義。國家圖書館以館藏文獻爲基礎，從多個角度進行廣泛調查和深入研究。如果説《王陽明文獻普查目録》通過普查範圍和普查内容之廣泛，力圖反映王陽明學術思想整體面貌；《王陽明著述篇目索引》通過逐篇分析之細密，反映王陽明著述在流傳過程中的變化；《王陽明著述序跋輯録》通過序跋資料之近切，反映王陽明著述的成書、刊刻及後人的評價；那麽，《王陽明著述提要》則通過著録、考訂之翔實，提供可靠的文獻依據。王陽明文獻研究的四個角度相輔相成，爲王陽明的進一步研究提供了基礎而豐富的文獻資料。

在此項工作進行中，貴陽市委、市政府的領導和國家圖書館領導給予了大力支持和悉心指導，貴陽市委宣傳部和貴陽市文化和旅遊局全力配合相關工作的開展，成爲項目得以完成的關鍵，在此一並感謝。

國家圖書館古籍館

陽明文化（貴陽）國際文獻研究中心

2019 年 4 月

凡例

一、本書擇取國家圖書館所藏各版本之王陽明著述，以版本提要的方式展示王陽明著述的基本情况和整體面貌，爲學界進一步研究提供可靠的文獻依據。

二、國家圖書館所藏王陽明著述按載体形态分为古籍、碑帖兩大類。

三、古籍部分按别集、總集、選本、叢編等纂輯方式分類，各類再約略按成書、版刻年代排列條目。古籍部分末附两部明刻本王陽明年譜。

四、古籍提要以完整書名爲標題，并標明本館索書號及文獻類型。自擬題名者，以 [ ] 括注。相同版本文獻，酌情并入同一提要。

五、提要詳細著録文獻基本信息，以反映原書面貌及特徵。著録信息包括書名、卷數、著者、版本、批校題跋者、存卷、册數、行款，以及卷端、扉葉、刻工、序跋、鈐印等。

六、各書簡述王陽明以外其他主要撰著者的仕履，概述内容編次，鉤稽成書經過，并説明版本判定之依據，略考收藏源流，以反映王陽明著述的結集、刊刻和流傳情况。

七、古籍提要説明各書在《中國古籍善本書目》《中國古籍總目》等重要古籍目録書中的著録情況，及其主要收藏機構，以便於查考。

八、碑帖包括碑刻和法帖兩部分，分别按碑刻、法帖的刊刻時間排序。碑刻部分附記王守仁像拓片一幅。

九、碑帖提要標題下注明館藏索書號及文獻類型。提要主要著録信息包括：題名、責任者、碑帖刊刻情況、原碑尺寸、行款、版本、拓本尺寸、卷册數、序跋、鈐印等。

目録

一、古籍 / 1

二、碑帖 / 115

一、古籍

居夷集三卷

5094（善本）

《居夷集》三卷，明王守仁撰。明嘉靖三年（1524）丘養浩刻本。2册。半葉10行20字，白口，左右雙邊，無魚尾。版心中鎸卷次，下鎸葉次。

卷端題“居夷集卷之一”“門人韓柱、徐珊校”。書首有嘉靖甲申（三年）丘養浩《叙居夷集》；次《目録》。末有《附居夷集卷之終》，爲韓柱、徐珊識語各一則。

韓柱（生卒年不詳）字廷佐。《[萬曆]紹興府志》卷二十三、《[雍正]浙江通志》卷一百三十七記韓柱字龍南，明餘姚（今屬浙江）人，嘉靖元年（1522）舉人，曾任福建僉事，分巡下湖南道，嘉靖二十四年（1545）分巡漳南道，未詳是否爲本書著者。徐珊（1487—1548）字汝珮，號三溪，明餘姚（今屬浙江）人。從王守仁學，嘉靖元年（1522）舉人，次年會試策士以心學爲問，珊不欲迎合時好，不對而出，後官辰州同知，於守仁舊時講學處構虎溪精舍，以昌明其學。生平參見《[乾隆]紹興府志》卷五十二、《[光緒]湖南通志》卷一百。

是書輯録王陽明貶謫貴陽前後詩文，撰作時間始自正德元年（1506）冬王陽明下獄，迄於正德五年（1510）春遷江西廬陵。卷一爲謫居貴州時所作賦、序、記、書等文章二十二篇；卷二爲謫居貴州時所作詩九十一首；卷三爲王陽明在獄中及赴貴州途中所作詩四十五首。共計一百五十八篇（首）。

正德初年，宦官劉瑾竊權，南京科道戴銑、薄彦徽等諫諍而忤旨入獄，王陽明時任兵部主事，率先上疏救之，其《乞宥言官去權奸以章聖德疏》云：“但以銑等職居諫司，以言爲責，其言而善，自宜嘉納施行，如其未善，亦宜包容隱覆，以開忠讜之路。”然王陽明亦受累下詔獄，廷杖四十，尋謫貴州龍場驛驛丞。

王陽明在詩文中曾提及下獄的時間。《王文成公全書》卷十九《咎言》序云“正德丙寅（元年）冬十一月，守仁以罪下錦衣獄”，同卷《獄中詩》題下注云“正德丙寅年十二月，以上疏忤逆瑾，下錦衣獄作”，則王陽明下獄在正德元年冬。正德二年（1507）王陽明啓程赴貴陽，《全書》卷十九《赴謫詩》小注云：“正德丁卯年（二年）赴謫貴陽龍場驛作”。再據年譜，王陽明於正德三年（1508）春至龍場；五年三月已至廬陵任知縣。則王陽明謫居貴陽約在正德三年春至五年初這一段時間。

丘養浩《叙居夷集》認爲王陽明之學“養熟道凝，則於貴陽時獨得爲多”，又云“任道有餘力，而行道有餘功，固皆居夷者之爲也。古聖人歷試諸難，造物者將降大任之意無然乎哉？”書末徐珊識語則謂：“夫子居夷三載，素位以行，不願乎外，蓋無入而不自得焉。”這裡取用《中庸》之意比擬王陽明謫居貴陽的經歷，《中庸》有言：“君子素其位而行，不願乎其外。素富貴，行乎富貴；素貧賤，行乎貧賤；素夷狄，行乎夷狄；素患難，行乎患難。君子無入而不自得焉。”

是書爲丘養浩刊刻。丘養浩（生卒年不詳）字以義，晋江（今屬福建泉州）人。正德十六年（1521）年進士，授餘姚知縣，才識閑敏，黠胥莫能爲奸。嘉靖四年（1525）擢浙江道監察御史，後升南京大理寺丞，官至都察院都御史，巡撫四川。生平參《國朝列卿紀》卷一百十三。

《中國古籍善本書目》集部7512、7513著録國家圖書館、上海圖書館收藏，後者有名家校跋。

鈐“杭州王氏九峰舊廬藏書之章”，“伯繩秘笈”“虚静齋”墨印。曾爲清末民初王體仁、孫祖同收藏。王體仁（1873—1938）字綬珊，晚號九峰舊廬主人，浙江紹興人，縣諸生，以鹽業致富，民國後寓居上海，藏宋本百餘種、明本千餘種、方志二千八百餘種。孫祖同（生卒年不詳）字伯繩，原籍浙江山陰，寄籍江蘇常熟。聚書六十年，多毁於中日戰争。又鈐“朱遂翔所見善本”，曾爲民國書商朱遂翔經眼。朱遂翔（1902—1967）字慎初，浙江紹興人。在杭州設抱經堂書局，又在上海設分店，刊售舊書，室名“抱經堂”。

陽明先生則言二卷

17592（善本）

《陽明先生則言》二卷，明王守仁撰。明嘉靖十六年（1537）薛侃刻本。4 册。半葉 9 行 19 字，白口，左右雙邊，單魚尾。版心上鎸“則言”及卷次，下镌葉次。

卷端題“陽明先生則言上”。書首有嘉靖十七年（1538）應良《則言叙》，次嘉靖十六年（1537）薛侃《陽明先生則言序》。

是書摘録王守仁語録及篇中警語一百餘條，於原文多有删改。其中卷一所收語録爲散句，卷二摘録文章，并於文末注篇名。

此本題簽脱落，分别題“陽明先生則言上”“陽明先生則言下”。

是書由薛侃與王畿共同輯録。薛侃《陽明先生則言序》云：“先生之言始録自贛，曰《傳習録》，紀其答問語也。録於廣德，曰《文録》，紀其文辭者也。録於姑蘇，益之曰《别録》，紀其政略者也。《録》既備，行者不易挾，遠者不易得，侃與汝中萃其簡切爲二秩，曰《則言》。”序中“汝中”爲王陽明弟子王畿。

薛侃（1486—1545）字尚謙，潮州揭陽（今屬廣東）人。正德十二年（1517）進士。因講學中離山，號中離先生，爲嶺南王學代表人物。王畿（1498—1583）字汝中，號龍溪，浙江山陰人，王門“浙中派”的創始人。是書所輯内容俱見於王守仁《傳習録》及《文録》，删汰雜冗，摘録闡述義理精練之句。此本向著録爲明嘉靖十六年薛侃刻本，據書首薛侃序、應良序，知是書嘉靖十六年臘月已付梓，刊成或已至應良作序的次年六月，而刊刻之事實由巡按兩浙的周文規主持。此處版本仍據《中國古籍善本書目》著録。此薛侃刻本爲是書最早刻本。

《中國古籍善本書目》子部 786 著録，國家圖書館、安徽省圖書館有藏。

鈐“鄆城夏伯子金石圖書記”“玄餘室”“山左夏氏玄餘室考定金石圖書記”，曾爲夏蓮居收藏。夏蓮居（1882—1965）本名繼泉，字溥齋，法名慈濟，號渠園，山東鄆城人。早年參加辛亥革命，曾任山東省政府秘書長、鹽運使，志在以學術匡時、人格化物，其學由儒、道而歸於佛，中年以後專心修佛。另有“晋隨唐琴齋”“中和老人”“清俸買來手自校，子孫讀之知聖道，鬻及借人皆不孝，關中王氏世藏”等印。

傳習録三卷續録二卷

13300（善本）

《傳習録》三卷《續録》二卷，明王守仁撰。明刻本。4 册。半葉 10 行 20 字，白口，四周雙邊，單魚尾。版心上鎸“傳習録”或“傳習續録”，中鎸卷次、葉次，下鎸刻工。

《傳習録》卷首題“傳習録卷一”，未題傳録者。《續録》“傳習續録卷上”；上卷首題“門人陳九川録”，下卷首題“門人錢德洪、王畿録”。

《傳習録》首有嘉靖三年（1524）南大吉《刻傳習録序》、次徐愛《傳習録序》并南逢吉録識。《續録》首有嘉靖甲寅（三十三年，1554）錢德洪《續刻傳習録序》。

徐愛（1487—1517）字曰仁，號横山，明餘姚（今屬浙江）人。正德三年（1508）進士，出知祁州，升南京兵部員外郎，轉南京工部郎中。王陽明妹婿，亦爲陽明最早及門弟子，陽明譽爲“吾之顔淵”，於弘揚王學頗爲有力。生平参《明儒學案》卷十一。陸澄（生卒年不詳）字原静，又作元静，一字清伯，明歸安（今浙江吴興）人。正德十二年（1517）進士，授刑部主事，嘉靖時議大禮不合，罷歸，後悔前議之非，上言自訟，帝惡其反復，遂斥不用。正德九年（1514）從學王陽明。生平参《明儒學案》卷十四、《明史》卷一百九十七。薛侃（1485—1545）字尚謙，號中離，明揭陽（今屬廣東）人。正德十二年進士，以上疏得罪，歸田授學。正德九年從學王守仁，侍讀四年。生平参《明儒學案》卷三十、《明史》卷二百七。

陳九川（1494—1562）字惟濬，號明水，明江西臨川（今屬撫州）人。正德九年進士，授太常博士，曾任禮部郎中，訟之下獄，後復官致仕，周游講學。

崇尚理學，又從學於王陽明，是江右王門的代表人物。生平參《明儒學案》卷十九、《明史》卷一百八十九。黄直（生卒年不詳）字以方，明江西金溪（今屬撫州）人。嘉靖二年（1523）進士，除漳州推官，以抗疏論救下獄。受業於王陽明。生平參《明史》卷二百七。黄修易（生卒年不詳）字勉叔，仕履不詳。黄省曾（生卒年不詳）字勉之，號五嶽，明蘇州人。嘉靖十年（1531）舉人，王陽明講學於越時，執贄爲弟子。生平參《明儒學案》卷二十五。錢德洪（1496—1574）本名寬，字洪甫，浙江餘姚人。嘉靖十一年（1532）進士，纍官刑部郎中，坐罪，出獄後不仕，講學於江、浙、楚、廣，早年即從學於王陽明，爲浙中王門的代表人物。生平參《明儒學案》卷十一、《明史》卷二百八十三。

《傳習録》是王陽明弟子所録陽明論學之語，徐愛、陸澄等人既是問學者，也是記録者、整理者。

是書計收王陽明與弟子問答語録二百五十條，各卷於卷首題名下小字標注語録數量，於卷末或卷首注明録者。其中《傳習録》共一百三十二段。卷一首小注“共十五段”，卷末題“右門人徐愛曰仁録”，爲徐愛問學，實收十四條并徐愛跋。卷二首小注“共捌拾壹段”，卷末題“右門人陸澄録”，爲陸澄等人問學，實收八十一條并陸澄識，其中“持志如心痛”條見於《王文成公全書》薛侃録。卷三首小注“共三十六段”，卷末題“右門人薛侃録”，雜録薛侃、蔡希淵、歐陽德等十餘人問學，實收三十五條（其中“蕭惠問己私難克”分爲二段），其中“孟源有好名之病”條見於《王文成公全書》陸澄録。

《續録》共一百十八條。卷上首小注“共六十段”，題“門人陳九川録”，爲陳九川、黄直、黄修易、黄省曾等人所録，實收陳九川録二十一條、黄直録十三條、黄修易録十三條、黄省曾録十一條。卷下首小注“共五十八段”，首題“門人錢德洪、王畿録”，爲錢德洪、黄直所録何廷仁、朱本思、鄒謙之等人問學，實收錢德洪録五十七條、黄以方（黄直）録二十九條。

《傳習録》由王陽明弟子記録，在流傳過程中陸續增輯、重編，形成多種版本。正德七年（1512），徐愛與王守仁同舟自南京歸紹興，記途中王氏論《大學》

宗旨。正德十三年（1518），薛侃得徐愛、陸澄所録，合己所録共一百二十九條，編爲三卷，刻於江西虔州，此爲初刻《傳習録》。嘉靖三年（1524），南大吉增入《答徐成之書》等九篇論學書，刻於浙江，是爲《續刻傳習録》。

嘉靖十四年（1535）錢氏刻王陽明《文録》時，曾摘《文録》中問答語，仍書南大吉所録以補下卷，又採陳九川等所録，得二卷，然因故未刊。嘉靖三十三年（1554），劉起宗與涇縣知縣丘時庸捐資刊刻《傳習續録》於水西精舍，其本當據錢德洪舊編，錢氏爲之作《續刻傳習録序》言其始末。嘉靖三十四年（1555），錢德洪又删削曾才漢所編《遺言録》，再次刊刻《傳習續録》於水西精舍。嘉靖三十五年（1556），錢德洪取《傳習續録》之問答語成中卷，又增收黄直所録，重編《傳習録》爲上、中、下三卷，由湖北黄梅知縣刊刻，嘉靖三十五年錢德洪書於湖北蘄崇正書院之序言述及此次刊刻。

隆慶六年（1572），謝廷傑編《王文成公全書》時，以薛侃所編《傳習録》爲上卷，以錢德洪增删南大吉所編"論學書"爲中卷，以《傳習續録》爲下卷，并附録陽明《朱子晚年定論》於後。因《王文成公全書》之流傳日廣，《全書》本《傳習録》亦爲後學者所宗，成爲後世注釋、集評的底本。

陳來先生曾撰《〈遺言録〉與〈傳習録〉》一文，通過比對日本所藏嘉靖三十四年刊刻的《陽明先生遺言録》和北京大學所藏明刻本《傳習録》，認爲錢德洪曾於嘉靖三十三年、三十四年兩次刊刻《傳習續録》，二者所收條目有差，而北大藏本爲嘉靖三十三年刊刻。此國家圖書館藏本《傳習録》卷上爲徐愛録十四條，卷中爲陸澄録八十一條，卷下爲薛侃録三十五條、陸澄録一條；《續録》卷上爲陳九川録二十一條、黄直録十三條、黄修易録十三條、黄省曾録十一條、黄以方（黄直）録二十九條，卷下爲錢德洪録五十七條。所收條目與陳來先生論文所述嘉靖三十三年刻本相同。相當於《王文成公全書》所收《傳習録》的卷上、卷下部分，但條目有些許差異。

《傳習録》在流傳過程中，屢經增輯和調整，後來的輯本往往録有前期輯本的序文。此本書首有徐愛《傳習録序》、卷一正文前有徐愛書、卷一末有正德十三年（1518）薛侃識語，書首又有嘉靖三年南大吉《刻傳習録序》，《續録》首又有錢德洪嘉靖三十三年《續刻傳習録序》，這些序言保留了《傳習録》經徐愛、薛侃、南大吉、錢德洪等人次第編輯的痕迹。此本是在《王文成公全書》釐定王陽明著述之前的《傳習録》較早版本，對研究《傳習録》的編輯、流傳有重要作用。

此本刻工有：之、小、友、國、秀、曹、李、全、其、任、世、山、于、合、祖、章、劉、中、丁、陳等。

《中國古籍善本書目》子部790著録上海圖書館（殘）、東北師範大學圖書館藏嘉靖三十三年刻本，子部791著録國家圖書館、北京大學圖書館收藏明刻本。因研究發現北大藏本亦爲嘉靖三十三年刻本，版本的辨别有待進一步研究。

鈐“葉啓芳”“葉啓芳藏”“葉啓芳□□六十藏書”“白苗”，曾爲近代葉啓芳收藏。葉啓芳（1898—1975），廣東三水人，翻譯家、新聞學教授，曾任華南聯大文學院院長、中山大學圖書館館長兼外國文學史教授，曾翻譯《政府論》《國際關係論》等。

傳習録三卷

17492（普通古籍）

《傳習録》三卷，明王守仁撰，明徐愛等編。明李益大刻本。存一卷（卷上）。1册。半葉9行20字，白口，四周單邊，單魚尾。版心上鎸“傳習録”，中鎸卷次，下鎸葉次。

卷端題“傳習録上卷一”。書首有嘉靖三年（1524）南大吉《刻傳習録序》，次未署年徐愛《傳習録序》。

徐愛（1487—1518），參見《傳習録》三卷《續録》二卷（13300）。

《傳習録》録王守仁與學者及諸弟子論學答問之言，所載語録俱爲王守仁闡發心性義理之論，是陽明心學的核心著作。《傳習録》成書較爲複雜，自正德七年（1512）徐愛始輯王守仁語録，正德十三年（1518）薛侃將徐愛、陸澄和自己所輯語録彙爲一編，仍名《傳習録》。嘉靖三年（1524）南大吉增收王守仁論學書信若干篇，刊行《續刻傳習録》刻本。嘉靖三十三年（1554）、三十四年（1555）錢德洪將陳九川等人所録的《遺言録》加以删削，與他和王畿所録的内容合并，編成《傳習續録》。嘉靖三十五年（1556），錢德洪又在《傳習續録》中增收了黄直所録内容。隆慶六年（1572），謝廷傑《王文成公全書》，以徐愛、陸澄、薛侃所編《傳習録》爲上卷，以錢德洪增删南大吉所編書信部分的八篇文章爲中卷，以《傳習續録》爲下卷，并附王陽明所編的《朱子晚年定論》，遂成《王文成公全書》之《傳習録》規制。

此爲明末關中陽明弟子所刻，書中所録王守仁語録均標明輯録之人，條例清晰。此本存《傳習録》上，又分爲一、二、三。《傳習録》上卷一、二末有“關中後學姜好善重訂”“蘭庠門人李益大督梓”兩行,《傳習録》上卷三末有“關中後學姜好善重訂”一行,可知此爲李益大刻本。李益大、姜好善生平事迹不詳,僅知其爲關中地區陽明弟子的後學。是書卷上以徐愛所録王守仁語録爲卷上一,以陸澄所録語録爲卷上二,以薛侃所録爲卷上三,與今《王文成公全書》卷一内容相應,是書或參據《全書》編刊。

鈐“孫氏藏書”印。

王陽明先生傳習録三卷

149218（普通古籍）

《王陽明先生傳習録》三卷，明王守仁撰。民國十六年（1927）上海掃葉山房石印本。許學源等題識。存一卷（卷上）。1 册。半葉 10 行 20 字，白口，左右雙邊，白魚尾。版心中鎸書名、卷次、葉次，下鎸刻工。

卷端題“王陽明先生傳習録卷上”“語録（一）傳習録上”；未題著者。扉葉正題“民國十六年孟春”“王陽明傳習録”“上海掃葉山房發行”，扉葉背題“民國十六年影印”“掃葉山房商標”，鎸“掃葉山房”印。

書首有未署年徐愛《序》；次《王陽明先生遺像》；次隆慶元年（1567）誥命。次《王陽明先生傳習録目録》。

卷上語録（一），計徐愛録十四條、陸澄録八十條、薛侃録三十五條，與《王文成公全書》中的《傳習録》卷上所收篇目相同。據目録，卷中語録（二），收論學書八篇：《啓問道通書》《答陸原静書》《答歐陽崇一》《答羅整庵少宰書》《答聶文蔚》《答聶文蔚其二》《訓蒙大意示教讀劉伯頌等》《教約》。卷下語録（三），實爲《王文成公全書》附於《傳習録》之後的《朱子晚年定論》諸篇。

此民國十六年（1927）上海掃葉山房石印本，僅存卷上。根據此本目録與《王文成公全書》本《傳習録》相較，二書卷上條目相同；此本卷中缺《答顧東橋書》一篇；無《王文成公全書》本卷下的“陳九川録”等内容，而將《全書》本附録的《朱子晚年定論》作爲下卷。

此本書衣有己巳（1929）五月許學源贈書題識。徐愛《序》末有己巳七月張華題識；民國十七年（1928）許學源購書題識。是書出版不久即爲許學源所購，徐愛《序》末許學源題識又云："中華民國十七年三月廿一日購於南京。"次年，許學源將書贈出，許學源識云："敬贈椿華賢契，己巳五月廿日。覺園識。"此處"椿華"應即徐愛《序》末題識者張華。識云："己巳七月十八日適祖父返滬，命裝，逐日閲讀。"并注明圈點符號含義，如"●"表示疑問、"○"表示當記或要緊者，則書中墨筆圈點、評語，即爲張華所注。

鈐"許印學源"，曾爲近代許學源收藏。許學源（1886—1972）又名朝海，字覺園，號大洪山人。民國時曾任民國教育司司長等職，又任教清華大學、天津大學、安徽大學等校，後專心醫藥，任武漢蘇生團醫院院長。

王陽明先生傳習録論三卷附集一卷

14397（普通古籍）

《王陽明先生傳習録論》三卷《附集》一卷，明王守仁撰、清王應昌論、清唐九經評。清順治刻本。4册。半葉9行20字，白口，四周單邊，單魚尾。書眉有評語。版心上鎸書名，中鎸卷次、葉次。

卷端題“王陽明先生傳習録論卷之一”，版心鎸“卷上之一”；又“古豫王應昌亮之父論”“若耶唐九經敏一父評、杭州門人徐如珩較正”。各卷校者不同：卷上之二爲“錢塘門人陸之遇”、卷上之三爲“錢塘門人俞時篤”、卷中之一爲“杭州門人俞之璧”、卷中之二爲“仁和門人朱京琦”、卷下之一爲“錢塘門人朱之棟”、卷下之二爲“仁和門人項昌”、卷下之三爲“仁和門人徐令升”，《附集》爲“餘杭門人陸進、仁和門人程鍔”。扉葉題“孟津李應五、曾稽唐敏一先生批閲”“傳習録論”“西臺新署藏板”，欄上題“古豫王亮之先生手定”，并有木記及鈐印二方。

書首有《傳習録論編次》，爲總目録。次順治丙戌（三年,1646）王應昌《傳習録總論》、順治三年李際期《傳習録論序》、未署年唐九經《評傳習録論説》。次《歷代聖學宗譜之圖》。次《王陽明先生傳習録論目次》。次《凡例》。次《宗譜纂要》，首行題書名“傳習録論”，次行撰著者“古豫王應昌亮之父編、若耶唐九經敏一父測”，次行題“宗譜纂要”。次《誥命》。次《新建侯文成王公小像》，後有王應昌識語。次《年譜纂要》，首行題書名“王陽明先生傳習録論”，次行撰著者“古豫王應昌亮之父纂、若耶唐九經敏一父訂”，次行題名“年譜目”。書末有未署年王應昌《跋》。

王應昌（生卒年不詳）字亮之，號雪園，明末清初山西洪洞人，少孤，就外家，又徙居柘城（今屬河南商丘）。天啓四年（1624）舉人，任交河令，以平寇召爲御史，巡按浙江，再按安徽，復按直隸，積勞成疾，卒年五十三。生平參《[雍正]河南通志》卷五十八、《監察御史雪園王公墓誌銘》（清王鐸《擬山園選集》卷六十六）。唐九經（生卒年不詳）字敏一，宛平籍，山陰（今屬浙江紹興）人。崇禎十年（1637）進士，知長洲，擢淮州府推官。生平參《[雍正]浙江通志》卷一百三十三、一百四十，《[同治]蘇知府志》卷五十三，《[嘉慶]山陰縣志》卷十四。

是書爲王應昌、唐九經對王陽明《傳習録》的闡發和評論。是書《傳習録》根據南大吉增論學七書之本，分上、中、下三卷，以語録爲上、中二卷，以論學七書爲下卷。卷上之一爲徐愛録十二條；卷上之二爲陸澄録八十條，末附陸澄《辯忠讒以定國是疏》；卷上之三爲薛侃録三十五條。卷中之一爲陳九川録二十一條、黄直録十五條、黄修易録十一條；卷中之二爲黄省曾録十二條、錢德洪録五十六條、黄以方録二十七條。卷下之一爲《答顧東橋書》十四條；卷下之二爲《答周道通書》七條、《答陸原静書》四條、《又答陸原静書》十三條；卷下之三爲《答歐陽崇一》四條、《答羅整庵少宰書》六條、《答聶文蔚》七條、《答聶文蔚二》十條、《訓蒙大意示教讀劉伯頌等》一條、《教約》五條。《附集》爲《附録諸子晚年定論》。

《傳習録》每則之後，附王應昌之論，唐九經之評則鐫於書眉。王應昌重視陽明之學的實用之功，著力闡發《傳習録》之旨意。書首《傳習録總論》述編纂緣由云：“知良知是用世之書，非僅僅正性命之書”，又謂：“余重陽明之事業，而不得不先重其講論者。”王應昌之論説於陽明學説多有闡發，故李際期《傳習録論序》評價云：“公之論，有疏本旨者，有引伸錯綜者，有别爲之送難樹義者。是即不爲陽明先生之書，爲王公之書。夫爲公之書，乃所以壽先生之書也。”

是書《附集》爲《宗譜纂要》《年譜纂要》，乃王應昌編纂、唐九經校訂，簡要梳理學統、述列行實，以助於《傳習録》的研習。《宗譜纂要》梳理道統宗支，簡述道統重要人物之論學宗旨，自伏羲、神農，至先秦孔、孟，至宋儒程頤、程顥、朱熹、陸九淵，至明陳獻章、胡居仁，再列“知天第一宗王守仁”，後列王氏門人徐愛、錢德洪至羅汝芳。《宗譜纂要》末王應昌評注自謂參訂王圻《道統考》、周汝登《聖學宗譜》而完善之，成此《纂要》。《年譜纂要》爲王陽明年譜簡編，題下小注云“譜凡三卷，今纂要如目録例，其詳則仍備於三十二卷至三十六卷止”，此處“其詳”指《王文成公全書》卷三十二至三十六年譜部分。

王應昌《傳習録總論》末題“巡按浙江監察御史古豫王應昌亮之父頓首書於西臺新署”，書首扉葉題“西臺新署藏板”，知是書爲王應昌於順治三年在浙江監察御史任上刊刻。

《中國古籍總目》子部 965 著録國家圖書館一家收藏。

朱子晚年定論一卷附王文成公示弟立志説

56994（普通古籍）

《朱子晚年定論》一卷附《王文成公示弟立志説》，明王守仁輯、清費熙評述。清光緒十九年（1893）周文桂刻本。1 册。半葉 8 行 20 字，白口，左右雙邊，單魚尾。版心中鎸葉次。

卷端題“朱子晚年定論”“姚江王子輯，烏程費熙評述”。扉葉正題“朱子晚年定論評述一卷”“附録王文成立志説”；扉葉背題“光緒癸巳七月歸安周氏藏版”。

書首有道光辛卯（十一年，1831）費熙《朱子晚年定論評述序》。次《王文成公示弟立志説》。次正德乙亥（十年，1515）王守仁《原序》。書末有光緒十九年（1893）孫廷翰《跋》、光緒癸巳（十九年）周文桂跋。周文桂跋末葉鎸“陶聽泉刻”。

費熙（生卒年不詳）字少房，浙江烏程（今屬湖州）人。著《禹貢注》《曾子注》《爲己編》《四策行文開合法程》《證人要録》。生平參《[同治]湖州府志》卷六十一。

是書爲費熙評述王陽明所撰《朱子晚年定論》。書中所收《朱子晚年定論》條目自《答黄直卿書》起，至《答何叔京書》止，爲《王文成公全書》前二十四條。文字與《王文成公全書》所收稍異，如《全書》第十條“答陸象山”，是書作“答陸子静書”；《全書》第二十四條“答何叔景”，是書作“答何叔京書”。

世人多以王陽明心學與朱熹理學有較大差異，而王陽明作《朱子晚年定論》，認爲朱熹晚年的思想與陸九淵有相通之處。費熙評述王陽明《朱子晚年定論》，意在表章王陽明與朱熹皆繼承孔孟儒學。費熙《朱子晚年定論評述序》謂王陽明作《定論》一書之意旨云："王子之志，非徒欲自明其學之無異於朱子，實欲使孔孟以來相傳之正學不绝於天下也。"

費熙之評述綴於《朱子晚年定論》條目後，又間有行間小注。卷前冠以《王文成公示弟立志説》。費熙《序》云："坊間舊有評本，係震川某氏所訂。惜其評語與前後所附見者，徒沿王學流弊，於朱子所以立説與王子所以表章之故，俱未有見及。熙因不揣謭陋，取坊本而重校之，僭參管見。前後易以《立志説》《應試語》等篇。非好翻前案也，亦欲表先賢因時立教之心於萬一云爾。"

費熙評述初未刊刻，由其門人手録保藏。光緒十九年，費熙徒孫周文桂囑孫廷翰校正付梓。書末光緒十九年周文桂跋述刊刻事云："文桂少受業於周一庵師，師爲先生之高第，弟子其所稱説，皆先生之緒言。是編昔曾手録，藏諸篋笥久矣。年届垂暮，忽忽無成，命提之訓，恍然在耳。懼遺編之失墜，我太夫子扶持正學之盛心或隱没不傳也，爰爲校正付梓，以公於世，期無負乎師資之所自爾。"光緒十九年孫廷翰《跋》亦云："少房先生夙究心朱子書，其爲評述也，皆推見至隱而歸本於切近，非掇拾語録所可比者。先生所著《曾子節要》《爲己編》業已行世，是本爲友人周君萊仙所手録，懼遺文之失墜，屬爲校刊付梓。"是書扉葉鎸"歸安周氏藏版"，與書中序言參照，知爲周文桂主持刊版。

《中國古籍總目》子部970著録國家圖書館、上海圖書館、吉林省圖書館、吉林大學圖書館四家收藏。

大學古本旁注一卷

3139（普通古籍）

《大學古本旁注》一卷，明王守仁注。清刻本。1册。半葉8行18字，黑口，四周雙邊，單魚尾。版心中鎸“大學古本旁注”及卷次，下鎸“愛古香齋藏書”。

卷端題“大學古本旁注”；又“漢戴聖撰”“明王守仁旁注”“高陽韓兆桐訂”。扉葉題“大學古本旁注”。書首有未署年李調元《序》、未署年王守仁《自序》。卷末有李調元《大學古本旁注附録》，次李調元識、李紱《大學考》、趙佑《大學古本説》。

《大學》一書原爲《禮記》之一章，經唐宋以來諸多學者的推崇，成爲四書之一部。自南宋朱熹以“三綱八目”的理學思想闡釋《大學》以來，朱子《大學章句》在元明時期幾成學術定論，科舉之門徑。王守仁以誠意爲《大學》主要工夫，而推舊本《大學》爲爲學之本，并以心學闡釋《大學》之義理。自《大學古本旁注》一書出，則《大學》今古本問題成爲宋明理學之焦點，朱子學與陽明心學的主要分歧。是書亦是陽明心學理論的核心著作。

此本序言及版心均未題鎸刻人名氏，卷端題“高陽韓兆桐訂”，其人史籍無載，生平事迹不詳。此爲清中後期刻本。

大學古本一卷

3138（普通古籍）

《大學古本》一卷，明王守仁撰，清徐潤第輯。民國六年（1917）太原文蔚閣鉛印本。1 册。半葉 12 行 32 字，白口，四周雙邊，單魚尾。版心上鎸“大學古本”，中鎸葉次，下镌“文蔚閣印”。

卷端題“大學古本”。書首有未署年徐潤第《大學古本叙》。卷末附《傳習録》論《大學》之言，後有《語録》《説約》《學言》《大學或問》。書末版權頁有“中華民國六年十二、九、七月三再初版 / 王陽明先生原本 / 抄集者 徐廣軒 / 捐款者 趙次隴 / 校對者 柯定礎 高雉梁 / 代印者 太原文蔚閣”六行。

徐潤第（1761—1821）字德夫，號廣軒，山西五台縣人，清代學者徐繼畬之父，乾隆六十年（1795）進士。徐潤第少年聰穎，年十二能文，師從王秉稻，喜研讀王陽明《大學古本》，以陽明心學爲其治學之本，晚年歸鄉講學授教，仍以王學爲宗。著有《敦艮齋遺書》。

是書録王守仁編訂《大學》之言，後附徐潤第輯王守仁與弟子闡釋《大學古本》之語。此本爲民國年間刊印王陽明《大學古本》。卷末所附的《傳習録》講論《大學》之條目，以及《語録》《説約》《學言》《大學或問》等篇均由徐潤第輯抄而成，亦是第一次刊印出版。此本校勘者柯璜（1876—1963）字定礎，浙江黄岩人，時任山西省博物館館長，是近代著名畫家。文蔚閣亦是民國時期山西重要的出版機構。此本刊印精良，是陽明心學在近代山西傳播的見證，具有較高史料價值。

古本大學集説三卷

3144（普通古籍）

《古本大學集説》三卷，清王訢編。民國八年（1919）榆次常氏石印本。2 册。半葉 12 行 25 字，細黑口，四周單邊，單魚尾。版心中鎸葉次。

卷端題“古本大學集説卷上”，又“涂陽王訢澹游氏編次”“三韓王祁遥峰氏仝閲”“崑山陳瀛霞舉甫校訂”。書首有民國八年常贊春序，嘉慶十五年（1810）王祁序，嘉慶十五年王訢《自敘》，王訢《例言》，王守仁《陽明先生初刻大學古本原序》。

王訢（生卒年不詳）字嘯岩，號澹游居士，山西榆次人，師從王秉韜。

據是書王訢《自敘》，王秉韜重陽明《古本大學》，王訢反覆研讀陽明文集，悟《古本大學》之旨，遂取陽明以來講古本諸家語録，採摘薈萃，并附王秉韜所刻《古本大學》，成《古本大學集説》一書。是書卷一録王守仁傳及《傳習録》講論《大學》之言。卷二録王守仁與諸弟子講論《大學》之言。卷三録陽明弟子及歷代後學講論古本《大學》之語。

是書爲常贊春從高雉梁處獲得底稿，因嘆山西文獻之不存，與趙壽祺等人籌資刊刻而成。書首民國八年常贊春序述刊刻事云："商之趙壽祺君，籌得印資。假高君本，自任校勘，附存詩詞。"知是書爲民國八年常贊春所刻。常贊春（1872—1941）字子襄，號迂生、秋史，清光緒二十八年（1902）舉人，宣統元年（1909）考入京師大學堂，民國六年（1917）受聘於山西大學，次年授國會衆議院議員。民國十二年（1923）任榆次縣教育會長。常贊春長於經學、小學，善書法。

新刻世史類編四十五卷首一卷

8816（善本）

《新刻世史類編》四十五卷《首》一卷，明李純卿草創，明謝遷補遺，明王守仁覆詳，明王世貞會纂，明李槃增修。明萬曆三十四年（1606）書林余彰德刻本。20 册。半葉 12 行 28 字，白口，四周單邊，單魚尾。版心上鎸“世史類編”及卷次，中鎸篇名，下鎸葉次。

卷端題“新刻世史類編一卷 三皇編”，又“臨淄李純卿草創，木齋謝遷補遺”“陽明王守仁覆詳，鳳洲王世貞會纂”“大蘭李槃增修，泗泉余彰德梓行”。

書首有未署年彭好古《新刻便蒙類編舉業理學正史全書三皇五帝三王十一代皇帝世史》，次未署年曹于汴《李師五經世史便蒙引》、萬曆甲辰（三十二年，1604）馮夢禎《世史便蒙集叙》、萬曆癸卯（三十一年，1603）葉從文《李大蘭先生便蒙世史叙》、未署年李槃《正學堂類編世史便蒙集序》，萬曆丙午（三十四年）余應虬、余昌祚《世史類編引》。次《綱鑑世史類編姓氏》。次李槃《綱鑑新意》、李介庵《尊卑定論》、李純卿《宋儒志事論》，次《昭代正法》，次《潘氏總論》，次《姓氏源流》。次《歷代帝王傳授之圖》。次《修短記》《修短評》《改元記》《改元評》。次《世史類編條例》。末有未署年周之錦《聖紀世史便蒙類編後跋》、未署年朱京《聖紀世史後題語》。

李純卿（生卒年不詳）明萬曆間浙江餘姚人，舉賢良任臨淄主簿。謝遷（1449—1531）字于喬，號木齋，浙江餘姚人，成化十一年（1475）狀元，官至兵部尚書兼東閣大學士，《明史》卷二百三十七有傳。王世貞（1526—1590）字元美，號鳳洲，明蘇州府太倉（今屬蘇州）人，嘉靖二十六年（1547）進士，官至南京刑部尚書，著有《弇山堂别集》《弇州山人四部稿》等書，《明史》卷三百八十八有傳。李槃（生卒年不詳）字用甫，號大蘭，浙江餘姚人，萬曆八年（1580）進士，乾隆《甘肅通志》卷三十一有傳。

是書録歷代皇帝事紀大略，上自盤古下至明萬曆皇帝，故又名《三皇五帝三王十一代皇帝世史》。是書於帝王事迹之後附各代名儒評述，觀覽頗爲詳明，編纂體例承襲朱熹《通鑒綱目》及丘濬《續修通鑒綱目》。其史評多持儒家道學觀點，論史多引證儒家經典，語言通俗易懂，爲史學啓蒙讀物，如李槃所云“聊爲類編以便吾家塾之童蒙”。

此本爲明萬曆三十四年（1606）書林余彰德刻本。卷端題“泗泉余彰德梓行”；書首余應虬、余昌祚《世史類編引》述編刊事云：“癸卯（萬曆三十一年）冬獲見先生手編，請壽諸梓以公海内，至丙午（萬曆三十四年）春始得。”余彰德（生卒年不詳）字號不詳，明萬曆間福建建陽人，刊書多種。是書諸序跋僅言李槃編撰事，文中評述間有李純卿、謝遷及王守仁等人之語。但查諸人文集未言及編纂史書綱目事，卷端所列諸編纂者有托名之嫌。是書所論之言多涉華夷之辨，凡少數民族統治者皆斥爲夷狄，故清代將其列入《四庫全書禁燬書目》。此本行款及排序爲閩刻風格，字體緊湊，上欄鎸批語，爲是書最早版本。

《中國古籍善本書目》史部 1339 著録。國家圖書館、華東師範大學圖書館、南開大學圖書館等有藏。

鈐“張印壽鏞”“泳霓”“四明張氏約園藏書之印”等印，曾爲近代藏書家張壽鏞收藏。張壽鏞（1876—1945）字伯頌、詠霓，號約園，浙江鄞縣人。光緒二十九年（1903）舉人，曾任國民政府財政部次長，創辦光華大學。藏書五十年，重視明刻本、名家批校本、稿抄本等，藏書處名“約園”。另有“雲生”“金記”“又溪”等印。

陽明先生文録五卷外集九卷别録十卷

9116（善本）

《陽明先生文録》五卷《外集》九卷《别録》十卷，明王守仁撰。明嘉靖十四年（1535）聞人詮刻本。14册。半葉10行20字，白口，左右雙邊，單魚尾。版心中鎸“陽明”及卷名、卷次，下镌葉次。

卷端題“陽明先生文録卷之一”。書首有嘉靖乙未（十四年）黄綰《陽明先生文録序》，次嘉靖丙申（十五年，1536）鄒守益《陽明先生文録序》，次《陽明先生文録總目》。

是書《文録》記王守仁與諸弟子論學答問之言。《外集》録賦、詩詞、序言及祭文等雜著。《别録》爲奏疏、告諭及公文。是書《文録》所收《答顧東橋書》《啓問道通書》《答陸原静書》《答歐陽崇一》《答羅整菴少宰書》《答聶文蔚》等問學諸篇，在後來的《王文成公全書》中收入《傳習録》卷中。

書首嘉靖十四年黄綰《陽明先生文録序》述刊刻事云：“與歐陽崇一、錢洪甫、黄正之率一二子侄，檢粹而編訂之曰《陽明先生存稿》。洪甫攜之吴中，與黄勉之重爲釐類，曰《文録》、曰《别録》。謀諸提學侍御聞人邦正刻梓以行，庶傳之四方”。知是書原名《陽明先生存稿》，由黄綰、歐陽德、錢德洪等人彙編，聞人詮刻梓。聞人詮（生卒年不詳）字邦正，浙江餘姚人。嘉靖五年（1526）進士，初爲寶應知縣，後擢山西道御史，官至湖廣按察司副使。他與王守仁有親族關係，嘗學於湛甘泉、王守仁門下，刻此書時任蘇州提學御史。聞人詮曾刻《舊唐書》《儀禮注疏》《藝文類聚》等書，著有《寶應志略》《南畿志》《芷蘭集》等。

是書合王守仁《文録》《外集》《别録》爲一本，是最早的王陽明著作合集。

鄒守益《序》稱是書“於是先師之言粲然聚矣”。是書爲後來隆慶年間的《王文成公全書》等書的編纂奠定基礎。

《中國古籍善本書目》集部7500著録，國家圖書館、北京大學圖書館等處有藏。

鈐“陽湖陶氏涉園所有書籍之記”等印，曾爲陶湘收藏。陶湘（1870—1939）字蘭泉，號涉園，江蘇武進人。清末曾任道員，後經營實業，晚年任故宫圖書館編纂。藏書不專嗜宋元，注重凌閔套印本、殿本，亦好刻書，藏書處名“涉園”“百嘉室”。

陽明先生文録五卷外集九卷别録十卷

3237（善本）

《陽明先生文録》五卷《外集》九卷《别録》十卷，明王守仁撰。明刻本。20册。半葉10行21字，白口，四周雙邊，單魚尾。版心上鎸“陽明先生文録”，中鎸卷次、葉次。

卷端題“陽明先生文録卷之一”。書首有嘉靖丙申（十五年，1536）鄒守益《陽明先生文録序》，次乙未（嘉靖十四年，1535）錢德洪《刻文録叙説》，次《陽明先生文録總目》。

是書《文録》記王守仁與諸弟子論學答問之言。《外集》録賦、詩詞、序言及祭文等雜著。《别録》爲奏疏、告諭及公移。

此本篇次及内容與嘉靖十四年（1535）聞人詮刻《文録》基本相同。唯《别録》卷十《批廣東市舶司提舉故官水手呈》，此本有目無文，而聞人詮刻本目録及正文皆無。此本書首錢德洪《刻文録叙説》爲他本《文録》所無，述《文録》編刻始末及時間體例，殊爲詳明。此本版次、行款異於他本，然内容實與聞刻本相同。據行款、字體當爲明嘉靖至萬曆間所刻，應晚出於聞人詮刻本。

此本《陽明先生文録總目》葉三上有墨筆眉批題“此程子見/人静生便/有善學/之嘆也”四行。

《中國古籍善本書目》集部7503著録，國家圖書館收藏。

河東重刻陽明先生文録五卷外集九卷别録十卷

109546（普通古籍）

《河東重刻陽明先生文録》五卷《外集》九卷《别録》十卷，明王守仁撰。明嘉靖三十二年（1553）宋儀望刻本。存十四卷（《文録》五卷、《外集》九卷）。10册。半葉10行20字，白口，左右雙邊，單魚尾。版心中鐫“陽明”及卷名、卷次，下鐫葉次。

卷端題“河東重刻陽明先生文録卷之一”。書首有嘉靖癸丑（三十二年）宋儀望《河東重刻陽明先生文集序》，次嘉靖乙未（十四年，1535）黄綰《陽明先生文録序》，次嘉靖丙申（十五年，1536）鄒守益《陽明先生文録序》，次《陽明先生文録總目》。

書首嘉靖三十二年宋儀望《河東重刻陽明先生文集序》述刊刻事云：“嘉靖癸丑（三十二年）春，予出按河東。河東爲堯舜禹相授受故地，而先王之學則固由孔孟以訴堯舜。於是間以竊聞先生緒言語諸人士而若有與者，未幾得關中所寄先生全録，遂檄而刻之。”然對比此前已刊刻的嘉靖十四年聞人詮等刻本，是書實爲宋儀望用舊版修版重印。宋儀望（1514—1578）字望之，江西永豐人。嘉靖二十六年（1547）進士，聶豹弟子，王守仁再傳弟子。是書在嘉靖年間多次刊印，可見王學影響之廣泛。

另，此本《外集》卷九葉二十五有夾簽題“此係奏疏一頁今/誤在此南宫像贊脱一頁”兩行。

《中國古籍善本書目》集部7504著録，上海圖書館、安徽省圖書館、四川大學圖書館收藏。

陽明先生文録五卷外集九卷别録十卷傳習録二卷則言二卷

23048（普通古籍）

《陽明先生文録》五卷《外集》九卷《别録》十卷《傳習録》二卷《則言》二卷，明王守仁撰。明嘉靖刻本。24册。半葉10行20字，白口，左右雙邊，單魚尾。版心中鎸“陽明”及卷名、卷次，下鎸葉次。《傳習録》半葉10行17字，白口，左右雙邊。版心中鎸“傳習録”及卷次，下鎸葉次。《則言》半葉9行19字，白口，左右雙邊，單魚尾。版心上鎸“則言”及卷次，下鎸葉次。

卷端題“陽明先生文録卷之一”。書首有嘉靖乙未（十四年,1535）黄綰《陽明先生文録序》、嘉靖丙申（十五年，1536）鄒守益《陽明先生文録序》；次《陽明先生文録總目》。《傳習録》首有嘉靖三年（1524）南大吉《刻傳習録序》、嘉靖庚戌（二十九年，1550）王畿《重刻傳習録序》，末有嘉靖二十九年蕭彦《重刻傳習録後跋》。《傳習則言》首有嘉靖丁酉（十六年，1537）薛侃《陽明先生則言序》。

是書《文録》《外集》《别録》與嘉靖十四年聞人詮刻本内容相同。是書《傳習録》記王守仁與弟子門人講習答問之語，其中上卷分一、二、三，分别爲徐愛、陸澄、薛侃録；下卷分一、二、三、四、五，爲論學書、教約等；上下二卷内容相當於《王文成公全書》中《傳習録》之一、二卷，而無陳九川、錢德洪所録諸條。是書《則言》内容與明嘉靖十七年（1538）薛侃刻本相同，摘録王守仁文章及語録。

經對比，是書《陽明先生文録》五卷《外集》九卷《别録》十卷用明嘉靖十四年（1535）聞人詮刻本舊版,《則言》用明嘉靖十七年（1538）薛侃刻本舊版。

而據王畿《重刻傳習録序》，此《傳習録》爲嘉靖二十九年蕭彦刊刻。

是書《傳習録》二卷與現存《傳習録》分卷不同。《傳習録》曾經徐愛、薛侃、南大吉、錢德洪等人次第編輯，正德年間薛侃得徐愛、陸澄所録，合己所録，編爲三卷；嘉靖初，南大吉增入《答徐成之書》等論學書，是爲《續刻傳習録》；嘉靖三十三至三十五年（1554—1556），錢德洪再增陳九川、黄直等人所録，重新編次。此本《傳習録》上卷一、二、三相當於薛侃所編之三卷，下卷相當於南大吉增刻部分；而未收錢德洪所輯部分。此本《傳習録》存嘉靖二十九年王畿、蕭彦二人序跋，此時錢德洪尚未刻陳九川等人所輯《傳習録》，此本所收内容正與此合。綜合諸端，此本合已刻《文録》《傳習録》《則言》諸書彙編刊印，與嘉靖二十九年閭東刻本之彙印相似。但閭東刻本之《别録》爲十四卷，與此本十卷不同，且現存閭東刻本皆未存《傳習録》《則言》兩部分，無從對比。此本暫著録爲嘉靖刻本，待進一步考察。

《中國古籍善本書目》集部 7501 著録嘉靖十四年聞人詮刻本、7505 著録明嘉靖二十九年閭東刻本，此本與二者有差異。

鈐“延古堂李氏珍藏”等印，延古堂爲清末民初天津李氏家族堂號，以李士銘（1849—1925）、李士鉁（1851—1926）兄弟二人藏書最爲稱名。二人曾祖李大綸遷居天津，設延古堂藏書，歷經數代。至士銘、士鉁，藏書增至四千餘種，多明刻、明抄，其中有四明盧氏抱經樓、南陵徐氏積學齋、聊城楊氏海源閣散佚之書。

陽明先生文録五卷外集九卷别録十四卷

102813（普通古籍）

《陽明先生文録》五卷《外集》九卷《别録》十四卷，明王守仁撰。明嘉靖二十九年（1550）閭東刻本。存十一卷（《文録》全、《外集》卷一至六）。8冊。半葉10行20字，白口，左右雙邊，單白魚尾。版心中鎸書名簡稱、卷次、葉次。

卷端未題著者。書首有嘉靖庚戌（二十九年）閭東《重刻陽明先生文集序》、嘉靖乙未（十四年，1535）黄綰《陽明先生文録序》、嘉靖丙申（十五年，1536）鄒守益《陽明先生文録序》。次《陽明先生文録總目》，包含《文録》五卷、《外集》九卷；次《陽明先生别録總目》。

是書按文體收録王陽明詩文。《文録》共五卷，卷一至三爲書，計一百十餘篇；卷四爲序、記、説，計四十篇；卷五爲雜著，計二十六篇。《外集》共九卷，卷一爲賦、騷、詩，計一百餘篇；卷二爲《居夷詩》，計九十餘首；卷三包含《廬陵詩》《京師詩》《歸越詩》《滁州詩》《南都詩》《贛州詩》，計九十餘首；卷四爲《江西詩》《居越詩》《兩廣詩》，計一百三十餘首；卷五爲書，計三十二篇；卷六爲序，計十五篇；卷七爲記，計十七篇；卷八爲説、雜著，計十四篇；卷九爲墓誌、傳、碑、贊、箴、祭文，計三十五篇。《别録》共十四卷，卷一至七爲奏疏，計九十餘篇；卷八至十四爲公移，計四百餘篇。

是書爲閭東任職關隴時，合已刻《文録》《傳習録》《則言》諸書而重刻於天水。書首閭東序述刊刻緣起云："東按西秦，歷關、隴，見西土人士俊髦群然，皆忠信之質也。因相與論良知之學，盡取先生《文録》，附以《傳習録》并《則言》共若干卷刻之，願與同志者共焉。"篇末又云："爰命工鋟於天水。"主持刊刻者閭東（？—1563），四川内江人。嘉靖二十三年（1544）進士，歷新蔡知縣、保定府提學察院、巡按甘肅御史等職，四十年任右寺丞，四十一年任右僉都御史督江防，卒於官。生平略參《[萬曆]保定府志》卷七、《國朝列卿紀》卷八十、《[雍正]河南通志》卷三十四、《[乾隆]甘肅通志》卷二十七。

閭東序雖言附《傳習録》《則言》，但傳世閭東刻本之著録未見包含《傳習録》《則言》者，蓋因二書相對獨立而致缺失。此本僅存十一卷，《文録》全、《外集》存前六卷，《别録》不存。較現存最早的嘉靖十四年聞人詮刻本，此本現存相應部分零星缺若干篇；而《歐陽崇一（丁亥）》《與黄宗賢（癸未）》《寄薛尚謙（癸未）》等十三篇，爲前書所未有。

《中國古籍善本書目》集部7505著録，國家圖書館、北京師範大學圖書館、吉林省圖書館、浙江圖書館、安徽省圖書館、廣東省立中山圖書館等收藏。

陽明先生文録五卷外集九卷别録十四卷

13534（善本）

《陽明先生文録》五卷《外集》九卷《别録》十四卷，明王守仁撰。明嘉靖刻本。10册。半葉10行20字，白口，左右雙邊，白魚尾。版心中鎸書名、卷次、葉次，下鎸刻工。

《文録》卷一題“陽明先生文録卷之一”;《外集》卷一爲補鈔，題“陽明先生文集卷之一”“外集”，卷二首題“陽明先生文録卷之二”“外集”;《别録》卷端題“陽明先生别録卷之一”；皆未題撰者。書首有嘉靖癸巳（十二年，1533）黄綰《陽明先生存稿序》。《别録》首有《陽明先生别録總目》。

是書缺總目録，篇目編次與明嘉靖二十九年（1550）閭東刻本基本相同。《文録》共五卷，卷一至三爲書，計一百十餘篇；卷四爲序、記、説，計四十篇；卷五爲雜著，計二十六篇。《外集》共九卷，卷一爲賦、騷、詩，計一百餘篇；卷二爲《居夷詩》，計九十餘首；卷三包含《廬陵詩》《京師詩》《歸越詩》《滁州詩》《南都詩》《贛州詩》，計九十餘首;卷四爲《江西詩》《居越詩》《兩廣詩》，計一百三十餘首；卷五爲書，計三十二篇；卷六爲序，計十五篇；卷七爲記，計十七篇；卷八爲説、雜著，計十四篇；卷九爲墓誌、傳、碑、贊、箴、祭文，計三十五篇。《别録》共十四卷，卷一至七爲奏疏，計九十餘篇；卷八至十四爲公移，計四百餘篇。

較現存最早的嘉靖十四年聞人詮刻本，此本現存相應部分零星缺若干篇，與國家圖書館所藏明嘉靖二十九年（1550）閭東刻本相較，在篇章數量上亦稍有出入。其中《歐陽崇一（丁亥）》《與黄宗賢（癸未）》《寄薛尚謙（癸未）》等十三篇，爲聞人詮刻本所無；此本編入《文録》卷一的《答徐成之書（二）》《答徐成之書（三）》兩篇，在聞人詮刻本中編入《外集》卷五（閭東刻本缺《外集》）。而此本《文録》卷一的《與顧惟賢》爲聞人詮、閭東刻本未見；而較聞人詮本、閭東本，此本缺《文録》卷一的《與黄誠甫（癸酉）》《與黄誠甫（二）（丁丑）》，《文録》卷五的《書徐汝佩卷（癸未）》等篇。

審其版式、字體，此本與嘉靖十四年聞人詮刻本較爲接近，而閭東刻本字體稍顯變異，三本間應有翻刻或修版的關係。

此本刻工有：宅、六先、奎、章應、應、張、敖、張敖。

鈐“蔡梓”“觀生廬”“壺□里人”“應錦”“春宇”“傈孫之印”“材父”“春宇圖書”等。

陽明先生文録十七卷語録三卷

2690（善本）

《陽明先生文録》十七卷《語録》三卷，明王守仁撰。明嘉靖二十六年（1547）范慶刻本。16册。半葉10行20字，白口，左右雙邊，白魚尾。版心中鎸書名、卷次、葉次，下鎸刻工。

《文録》卷端題"陽明先生文録卷之一"，未題撰者；《語録》卷端題"陽明先生語録卷之一""門人徐愛録"。書首有嘉靖癸巳（十二年，1533）黄綰《陽明先生存稿序》。末有嘉靖丁未（二十六年）范慶《陽明先生文録跋》，跋後録校者姓氏。

是書《文録》按文體分爲十七卷，同一體裁詩文又約略按創作時間先後排序，共收詩文七百餘篇。卷一至四收書一百四十餘篇，卷五至九爲序、記、説、雜著一百一十餘篇（卷五爲序十五篇，卷六爲序、記、説四十篇，卷七爲記十七篇，卷八爲説、雜著十五篇，卷九爲雜著二十六篇），卷十爲墓誌銘、傳、碑、祭文等三十五篇，卷十一至十四爲詩賦四百餘首，卷十五至十七爲奏疏二十三篇。《語録》三卷分别爲門人徐愛、陸澄、薛侃所録心學問答。

嘉靖初，王陽明門生黄綰、歐陽德、錢德洪等曾彙輯流傳於世之王陽明著作《文録》《傳習録》《居夷集》，編爲《陽明先生存稿》。之後，錢德洪又將《傳習録》别存，重新編訂其他諸書爲《文録》，釐奏疏、公移爲《别録》，刻之於吴郡，然不久書版即殘缺。

嘉靖二十三年（1544），范慶知蘇州，搜求《文録》《别録》舊版，僅得《文録》版片十之二三，而《别録》蕩然無存。范慶遂請吴縣儒學教諭許贊及長洲縣儒學訓導華鎰、張良才重加校輯，并補奏疏二十三篇彙爲《文録》十七卷；將《傳習録》釐爲《語録》三卷，爲最初僅徐愛、陸澄、薛侃三人所録規制；全書共二十卷。主持刊刻者范慶（生卒年不詳），字元會，江西豐城人。嘉靖十四年（1535）進士，授刑部主事，歷員外郎，出知蘇州，升雲南副使，爲仇隙所構，歸講良知之學，以子謙顯，加贈禮部尚書。生平参見《[道光]豐城縣志》卷十二。

是書之刊刻在錢德洪所刻《文録》《别録》，及《傳習録》早期刻本基礎上重加校輯，刻成於嘉靖二十六年。因《陽明先生存稿》爲更早的王陽明著述彙輯，故是書載嘉靖十二年（1533）黄綰《陽明先生存稿序》，以明其淵源。此後，《文録》《别録》又曾經增輯改編，形成多種版本。

較現存最早的嘉靖十四年聞人詮刻本，此本零星缺若干篇，而多出歐陽崇一（丁亥）》《與黄宗賢（癸未）》《寄薛尚謙（癸未）》等十三篇。此本首有嘉靖癸巳（十二年）黄綰《陽明先生存稿序》，然嘉靖十四年聞人詮刻本所收黄綰序撰作時間爲嘉靖十四年，二者差異尚需進一步辨别。

此本刻工有：宅、清。

《中國古籍善本書目》集部7510著録，國家圖書館、首都圖書館、浙江圖書館、湖北省圖書館、湖南省圖書館收藏，其中前二家收藏全本。

陽明先生别録十三卷

1016（善本）

《陽明先生别録》十三卷，明王守仁撰。明刻本。12 册。半葉 10 行 20 字，白口，四周單邊，單魚尾。版心中鎸“陽明别録”及卷次、葉次，下鎸刻工。

卷端題“陽明先生别録卷之一”。書首有《陽明先生别録總目》。

是書録王守仁奏疏、告諭及公文，分奏疏和公移兩部分，卷一至七爲奏疏，卷八至十三爲公移。其中卷八爲巡撫南贛等處通行各屬、巡撫南贛征剿漳寇始末、巡撫南贛征剿横水桶岡等剿賊始末三部分。卷九爲征剿浰頭巢賊始末、欽奉敕諭查處福州叛軍兩部分。卷十爲平寧藩叛亂上，卷十一爲平寧藩叛亂下。卷十二爲提督軍務兼理巡撫批行事宜，卷十三爲總督兩廣平定思田始末。

此本無序跋，不知其具體刻印年代。據字體及行款板式推斷，或爲明嘉靖間刻本。此本所載公移之排序及内容異於其它傳世之本。相較於明隆慶六年（1572）謝廷傑刻《王文成公全書》多出一百三十餘條。其卷次及篇名、標題均與他本《别録》有差異。其公移之排序以事迹爲綱，以時間先後爲次序，每篇公移俱標明篇次，觀覽頗爲明晰，有助於了解王守仁巡撫南贛、平定寧王叛亂、管理福建軍務之始末，其中有些應酬安排之文爲他本所無，史料價值頗高。

此本刻工有:列、春、介、德、邦、旦、元、万、朱、立、化、子、明、肖、冰、真、又、之、二、日、兑、山、上、力、水、天。

《中國古籍善本書目》未見著録。

王文成公全書三十八卷

13925（善本）

《王文成公全書》三十八卷，明王守仁撰。明隆慶六年（1572）謝廷傑刻本。24 册。半葉 9 行 19 字，白口，四周雙邊，單魚尾。版心上鎸“全書”及卷次，中鎸卷名、卷次及葉次，下間鎸字數、刻工。

卷端題“王文成公全書卷之一”。書首有未署年徐階《王文成公全書序》；次隆慶二年（1568）十月十七日《誥命》；次《新建侯文成王公小像》；次未署年徐愛《傳習録序》、嘉靖丙申（十五年，1536）春三月鄒守益《陽明先生文録序》、未署年錢德洪《陽明先生文録序》、未署年王畿《重刻陽明先生文録後語》、徐階《陽明先生文録續編序》、乙未（嘉靖十四年，1535）錢德洪《刻文録叙説》；次《編輯文録姓氏》；次《王文成公全書目録》。

是書爲王守仁全集。首《語録》三卷爲王陽明門人徐愛輯録、錢德洪訂正之《傳習録》，附以《朱子晚年定論》。次《文録》五卷，皆雜文。次《别録》十卷，爲奏疏、公移之類。次《外集》七卷，爲詩及雜文。次《續編》六卷則爲《文録》所遺之文，爲陽明殁後錢德洪所編次。後附《年譜》五卷，《世德記》二卷，亦錢德洪、王畿等所纂集。是書目録及正文篇題下間或標注年月，條例清晰，時間詳明。《四庫全書總目》稱其“爲文博大昌達，詩亦秀逸有致，不獨事功，可稱其文章自足傳世也”。

書首徐階《序》述刊刻事云：“隆慶壬申（六年，1572）侍御新建謝君奉命按浙，首修公祠，置田以供歲祀。已而閲公文，見所謂録若集各自爲書，懼夫四方之學者或弗克盡讀也，遂彙而壽諸梓，名曰《全書》。”謝廷傑（生卒年不詳）

字宗聖，號虬峰，江西新建（今南昌）人。謝一夔曾孫，嘉靖間進士，官至大理寺丞。任職浙江巡按時期崇節義，育人才，立保甲，厚風俗，以王陽明爲師。初，王陽明《傳習録》《文録》等各自流傳，謝廷傑合梓王氏諸書，始有全集傳世。是書仿《朱子全書》之例以名，蓋當時以學術宗王守仁，故推尊如此。此本卷三十六葉十九、二十缺。

此本刻工有：秀、劉承。

《中國古籍善本書目》集部7515著録，國家圖書館、北京大學圖書館、中國科學院文獻情報中心、上海圖書館、復旦大學圖書館等館收藏。

鈐“李愈”。

王文成全書三十八卷

文津閣四庫全書

《王文成全書》三十八卷，明王守仁撰。清文津閣《四庫全書》本。34 册。半葉 8 行 21 字，白口，四周雙邊，單魚尾，朱格。版心上鎸“欽定四庫全書”，中鎸“王文成全書”及卷次，下鎸葉次。

卷端題“王文成全書卷一”“明王守仁撰”。書衣題“欽定四庫全書。集部。王文成全書卷一”。書首有乾隆四十九年（1784）該書四庫提要。

此爲文津閣《四庫全書》原本，玄、弘等字缺筆。此本無目録，正文篇次與隆慶本略有出入。其中卷十六《告諭父老子弟》《行龍川縣撫諭新民》《優獎致仕縣丞龍韜牌》，卷十七《告諭安義等縣漁户》《批按察司伍文定患病呈》《批臨江府耆民建立生祠呈》《批吉安府救荒申》《批撫州府同知汪嵩乞休呈》《批提學僉事邵鋭乞休呈》《禮取副提舉舒芬牌》《批瑞州知府告病申》《賑恤水灾牌》《仰湖廣布按二司優恤冀元亨家屬》《批江西按察司故官水手呈》《仰南康府勸留教授蔡宗兖》《批江西布政司禮送致仕官呈》，卷十八《批廣東市舶司提舉故官水手呈》，卷二十九《醉後歌用燕思亭韻》《題施總兵所翁龍》等篇缺文。較隆慶多出卷三十一下《山東鄉試録》。此本每册書首有黄色夾簽，題該卷詳校官銜名，末題總校官、校對官主事及謄録監生銜名。四庫本《王文成全書》篇次、内容基本依據隆慶本抄録，略有增改、節略，所缺篇次原因未詳。

鈐“文津閣寶”“太上皇帝之寶”“避暑山莊”等乾隆御璽。

王文成公全書三十八卷

23052（普通古籍）

《王文成公全書》三十八卷，明王守仁撰。清光緒浙江書局刻本。24 册。半葉 9 行 21 字，白口，左右雙邊，單魚尾。版心上鎸“全書”及卷次，中鎸卷名、卷次，下鎸葉次。

卷端題“王文成公全書卷之一”。扉葉題“王文成 / 公全書”。書首有未署年徐階《王文成公全書序》，次未署年徐愛《傳習録序》、嘉靖丙申（十五年，1536）鄒守益《陽明先生文録序》、未署年錢德洪《陽明先生文録序》、未署年王畿《重刻陽明先生文録後語》、未署年徐階《陽明先生文録續編序》、乙未（嘉靖十四年，1535）錢德洪《刻文録叙説》；次《編輯文録姓氏》；次隆慶二年（1568）十月十七日《誥命》；次《王文成公全書目録》。

此爲清光緒浙江書局刻本。浙江書局又稱浙江官書局，是清同治年間由楊昌濬、王凱泰在杭州呈請設立的官辦書局。浙江書局因有藏書家丁丙、丁申的支持，加之有孫衣言、黄以周等經史名家經營籌理，使之成爲晚清規模大、刻書精的刻印機構。此本以隆慶謝廷傑刻《王文成公全書》本爲底本，加以詳校，錯訛極少，字體方正。浙江書局刻本是《王文成公全書》在晚清的重要版本之一，亦爲是書最後一版雕版刻印本。

本館另藏相同版本古籍（普通古籍 88233），鈐“華文學校圖書館藏”等印。

王文成公全書三十八卷

103102（普通古籍）

《王文成公全書》三十八卷，明王守仁撰。民國二年（1913）上海中華圖書館石印本。存二十五卷（卷一至二十五）。12册。半葉16行36字，白口，四周雙邊，單魚尾。版心上鎸“王文成公全書”，中鎸卷次，下鎸葉次。

卷端題“王文成公全書卷之一”。書衣題簽“王陽明先生全集”“中華圖書館印行”，扉葉題“民國二年”“王文成公全書”“中華圖書館影印”，又“上海中華圖書館印行”。書首有未署年徐階《王文成公全書序》，次未署年徐愛《傳習録序》、嘉靖丙申（十五年，1536）鄒守益《陽明先生文録序》、未署年錢德洪《陽明先生文録序》、未署年王畿《重刻陽明先生文録後語》、未署年徐階《陽明先生文録續編序》、乙未（嘉靖十四年，1535）錢德洪《刻文録叙説》；次《編輯文録姓氏》；次隆慶二年（1568）十月十七日《誥命》；次《王文成公全書目録》。

據書衣題簽及扉葉知此本爲民國二年（1913）上海中華圖書館石印本。此本是民國時期印行的第一版《王文成公全書》，在當時流傳甚廣，極大地推動了王學在民國時期的傳播。

王文成公全書三十八卷

10160（普通古籍）

《王文成公全書》三十八卷，明王守仁撰。民國上海中華書局鉛印《四部備要》本。10 册。半葉 13 行 30 字，細黑口，四周單邊，單魚尾。版心上鎸“陽明全書”，中鎸卷次、葉次，下鎸“中華書局聚”。

卷端題“王文成公全書卷之一”。書衣鎸“陽明全書”；扉葉正題“陽明全集”，背題“四部備要”“子部”“上海中華書局據明刻本校勘”“桐鄉陸費逵總勘，杭縣高時顯、吴汝霖輯校，杭縣丁輔之監造”。

書首有未署年徐階《王文成公全書序》，次未署年徐愛《傳習録序》、嘉靖丙申（十五年，1536）鄒守益《陽明先生文録序》、未署年錢德洪《陽明先生文録序》、未署年王畿《重刻陽明先生文録後語》、未署年徐階《陽明先生文録續編序》、乙未（嘉靖十四年，1535）錢德洪《刻文録叙説》；次《編輯文録姓氏》；次隆慶二年（1568）十月十七日《誥命》；次《王文成公全書目録》。

據版心及扉葉知此本爲民國上海中華書局鉛印《四部備要》本。中華書局 1912 年由陸費逵籌資在上海建立，是一家集編輯、印刷、出版、發行於一體的大型出版機構。陸費逵（1886—1941）字伯鴻，浙江桐鄉人，陸費墀後裔，中國近代教育家、出版家。1920—1934 年間中華書局擇《四庫全書》最要之書印行《四部備要》，亦按經、史、子、集四部分類，陸續刊發 351 種。《四部備要》所擇之書皆爲四部緊要之書，是學者入傳統國學之門徑。此本印行量大，是《王文成公全書》在民國時期的重要印本之一。

本館另藏中華書局 1934—1936 年重印《四部備要》本《王文成公全書》（普通古籍 37839），以大開本印行。

王陽明先生全集十卷首一卷

T255（善本）

《王陽明先生全集》十卷，明王守仁撰，清俞嶙輯；《首》一卷。清康熙十二年（1673）俞嶙刻本。佚名墨筆批校。10册。半葉9行19字，白口，左右雙邊，單魚尾。版心上鎸“王陽明先生全集”及卷次、卷名、葉次。

卷端題“王陽明先生全集卷之一”，又“同里後學俞嶙重編”。扉葉題“同里俞嵩庵重編”“王陽明先生全集”“是政堂藏板”；鈐“是政堂藏書記”。書首有清康熙十二年王令《王陽明先生全集序》；次《王陽明先生全集總目》；次王陽明先生遺像，誥命；次《王陽明先生年譜》；次《王陽明先生全集目録》。

俞嶙（生卒年不詳）字仲高，號嵩庵，浙江餘姚人。清順治十八年（1661）進士，康熙十一年（1672）任從化（今屬廣東廣州）知縣。仕履可參《[雍正]從化縣志·職官》《[道光]廣東通志》卷二百五十七。

是書按文體編次，收書四卷一百五十篇，序一卷三十九篇，記一卷二十四篇，説、雜著合一卷共六十四篇，賦、騷、詩合二卷共四百三十二篇，墓誌銘、墓表、墓碑、傳、碑、贊、箴、祭文合一卷共三十九篇。目録及正文篇題下皆標注年月。書自癸亥（弘治十六年，1503）至戊子（嘉靖七年，1528），序自壬戌（弘治十五年，1502）至戊子（嘉靖七年，1528），記自壬戌（弘治十五年，1502）至乙酉（嘉靖四年，1525），説、雜著自丁卯（正德二年，1507）至丁亥（嘉靖六年，1527），賦、騷、詩自丙辰（弘治九年，1496）至庚辰（正德十五年，1520），墓誌銘、墓碑、祭文等自壬戌（弘治十五年，1502）至戊子（嘉靖七年，1528）。

是書爲俞嶙在從化縣令任上所刻。王令《王陽明先生全集序》云：“適同考官從化宰俞君嵩庵爲先生枌榆繼起，私淑典型，匪朝伊夕，念先生文集散失，海内有求遺書者幾不可得，爰搜正、别、外三録彙爲全集，重光梨棗。不分理學、文章、經濟之編，第列奏記、傳銘、書文之序，蓋以體用無殊，同條共貫，亦古今無德性外之問學，并無理學外之事功之意也。”康熙十一年，俞嶙任從化縣知縣，次年是書刻成，王令爲之作序。

俞嶙刻此書，共二十二卷《首》一卷。此本僅印其中的前十卷并《首》一卷。

《中國古籍善本書目》集部 7533 著録清康熙十二年俞嶙刻本《王陽明先生全集》二十二卷《首》一卷，北京大學圖書館等收藏。

王陽明先生全集二十二卷首一卷

91792（普通古籍）

《王陽明先生全集》二十二卷，明王守仁撰、清俞嶙輯；《首》一卷。清康熙十二年（1673）俞嶙刻餘姚敦厚堂黄氏印本。24册。半葉9行19字，白口，左右雙邊，單魚尾。版心上鎸“王陽明先生全集”及卷次、卷名、葉次。

卷端題“王陽明先生全集卷之一”，又“同里後學俞嶙重編”。扉葉題“同里俞嵩庵重編”“王陽明先生全集”“餘姚敦厚堂黄氏藏板”。

書首有清康熙十二年王令《王陽明先生全集序》、康熙十一年（1672）俞嶙《王陽明先生全集序》；次《王陽明先生全集總目》；次王陽明先生遺像，誥命；次《凡例》；次《王陽明先生年譜》；次《王陽明先生全集目録》。末有《陽明先生文集跋》。

是書按文體編次，收書四卷一百五十篇，序一卷三十九篇，記一卷二十四篇，説、雜著合一卷共六十四篇，賦、騷、詩合二卷共四百三十二篇，墓誌銘、墓表、墓碑、傳、碑、贊、箴、祭文合一卷共三十九篇；較十卷本多出奏疏七卷八十二篇，公移三卷一百七十篇，《傳習録》一卷，語録一卷。目録及正文篇題下皆標注年月。書自癸亥（弘治十六年，1503）至戊子（嘉靖七年，1528），序自壬戌（弘治十五年，1502）至戊子（嘉靖七年，1528），記自壬戌（弘治十五年，1502）至乙酉（嘉靖四年，1525），説、雜著自丁卯（正德二年，1507）至丁亥（嘉靖六年，1527），賦、騷、詩自丙辰（弘治九年，1496）至庚辰（正德十五年，1520），墓誌銘、墓碑、祭文等自壬戌（弘治十五年，1502）至戊子（嘉靖七年，1528），奏疏自弘治十二年（1499）至嘉靖七年（1528），公移自正德十二年（1517）至嘉靖七年（1528）。

是書爲俞嶙在從化縣令任上所刻。俞嶙《王陽明先生全集序》曰："第所傳文集二十卷，兵燹之後原板灰燼，余懼夫先生之文日久漸湮，而後之學者將倀倀乎，其靡所適從也。故予甫及下車，即取先生全集重付剞劂而詮次之。夫一命初膺，席尚未暖，且徵調不時，簿書日迫。顧亟亟以此爲務，且鮮有不笑予之迂也。"王令《王陽明先生全集序》亦提及："（從化宰俞君嵩庵）念先生文集散失，海内有求遺書者幾不可得，爰搜正、别、外三録彙爲全集，重光梨棗，不分理學、文章、經濟之編，第列奏記、傳銘、書文之序，蓋以體用無殊，同條共貫，亦古今無德性外之問學，并無理學外之事功之意也。"康熙十一年，俞嶙任從化縣知縣。俞嶙序於康熙十一年七月，王令序於康熙十二年十一月，則是書始刻於康熙十一年，成於康熙十二年。據扉頁，是書書版後歸余姚敦厚堂黄氏，由之再印。

《中國古籍善本書目》集部7533著録，北京大學圖書館等收藏。

王陽明先生全集十六卷

23050（普通古籍）

《王陽明先生全集》十六卷，明王守仁撰，清王貽樂輯，清陶潯霍批注。清道光六年（1826）柳廷芳刻本。16 册。半葉 9 行 24 字，白口，左右雙邊，單魚尾。版心上鎸卷名，中鎸卷次，下鎸葉次。

卷端題“陽明先生年譜卷之上”。扉葉題“王陽明先生全集”“文德藏版”。書首有道光六年（1826）郭輝翰《重刻王陽明先生全集序》、未署年李贄《陽明先生道學鈔原序》、康熙乙丑（二十四年，1685）徐元文《原序》、未署年潘之彪《王文成公文集原叙》、康熙乙丑馬士瓊《王文成公文集原序》；次未署年王貽樂《文集紀略》，附乾隆癸丑（五十八年，1793）陶潯霍識；次《凡例》；次《陽明先生文集目録》。

王貽樂（生卒年不詳）浙江山陰（今紹興）人，王陽明五世孫。監生，康熙十九年（1680）任山東滕縣（今山東滕州）縣令。陶潯霍（生卒年不詳）字春田，瀏陽（今屬湖南）人，乾隆五十七年（1792）舉人。精研經史，兼覽詩文，旁及天文、地理、算學。其授徒衆多，教學先質行而後文藝，晚好陽明之學。著有《學庸講義》《四書隨筆》等。

是書爲王守仁文集彙編。首録李贄編《陽明先生年譜》，後有《傳習録》一卷、《論學書》三卷、《南贛書》三卷、《平濠書》三卷、《思田書》二卷、《雜著書》二卷、《詩賦》一卷。

此本將《傳習録》分爲《諸子手述》《語録》《大學問》三部分。《諸子手述》即徐愛、陸澄、薛侃等親録，爲《王文成公全書》中《傳習録》的上卷部分；《語録》

即陳九川、黄以方等所録,《大學問》即陽明答門人《大學》之問,而與南大吉等論學書九篇則歸入書信部分。其《論學書》三卷以弟子人物爲序,《南贛書》《平濠書》《思田書》均以事件爲序,其編次順序頗不同於隆慶六年(1572)謝廷傑刻本,亦與明萬曆及康熙諸本《王陽明全集》有異,内容亦多有删減。蓋如王貽樂《文集紀略》所言陽明公全集舊有三十六卷,至清康熙時原版已難見,而王氏所見之本爲馬士瓊所藏,并非完秩。王貽樂分别序類,合成一部,遂成此書。此《全集》收文雖不及《王文成公全書》完整,但條例清晰,亦是陽明全集在清代中期的重要版本。

書首郭輝翰《重刻王陽明先生全集序》述刊刻事云:"瀏邑陶春田孝廉名潯霍者,篤志力行,品端學粹。讀先生集想見先生之爲人,細加批注,手録成書,未及刊刻而殁。鄉名宿柳坦田名廷方者……爰屬及門,醵金付梓,未竣而坦田亦殁。其門人蕭子明哲、汪子芾、文子德厚,出其書請序於余"。知此本爲陶潯霍編輯,由柳廷方及其門人刻梓成書。柳廷方(?—1826)字坦田,湖南長沙人。嘉慶五年(1800)舉人,與陶澍交游,著《來青堂文集》。此本是陶潯霍據康熙二十四年王貽樂編《王陽明全集》編刻而成,其編排體例承襲了王貽樂本,并於正文外附有陶潯霍批注。王貽樂本今已佚,此本爲了解王刻本的唯一版本。

鈐"南陵徐氏仁山珍藏";"學部圖書之印"等印。曾爲清末徐乃昌收藏。徐乃昌(1868—1946)字積餘,號隨庵,安徽南陵人。光緒十九年(1893)舉人,官江蘇淮安知府等職,考察日本學務,任江蘇高等學堂總辦等,喜藏書、校書、刻書,藏書處名"積學齋"等。清末設學部,其所屬圖書館爲京師圖書館前身。

王陽明先生全集十六卷

97132（普通古籍）

《王陽明先生全集》十六卷，明王守仁撰，清王貽樂輯，清陶潯霍批注。清道光六年（1826）柳廷芳刻湘潭王文德印本。16 册。半葉 9 行 24 字，白口，左右雙邊，單魚尾。版心上鎸卷名，中鎸卷次，下鎸葉次。

卷端題“陽明先生年譜卷之上”。扉葉題“王陽明先生全集”“湖南湘潭王文德梓”。書首有道光六年郭輝翰《重刻王陽明先生全集序》、未署年李贄《陽明先生道學鈔原序》、康熙乙丑（二十四年，1685）徐元文《原序》、未署年潘之彪《王文成公文集原叙》、康熙乙丑馬士瓊《王文成公文集原序》；次未署年王貽樂《文集紀略》，附乾隆癸丑（五十八年，1793）陶潯霍識；次《凡例》；次《陽明先生文集目録》。

是書爲王守仁文集彙編。首録李贄編《陽明先生年譜》，後有《傳習録》一卷、《論學書》三卷、《南贛書》三卷、《平濠書》三卷、《思田書》二卷、《雜著書》二卷、《詩賦》一卷。

據書首郭輝翰《重刻王陽明先生全集序》，是書爲陶潯霍編輯，由柳廷方及其門人刻梓成書。此本内容、版式與柳廷芳刻本相同，爲清道光六年（1826）柳廷方刻本的後印本，此本扉葉題“湖南湘潭王文德梓”。

本館另藏一部同版古籍（普通古籍 102436），扉葉題字相同。

文成先生文要五卷

109624（普通古籍）

《文成先生文要》五卷，明王守仁撰。明萬曆三十一年（1603）陸典等刻本。存四卷（卷一至三、五）。4 册。半葉 9 行 18 字，白口，四周單邊，單魚尾。版心上鎸“陽明文選”，中鎸卷次、葉次，下鎸刻工。

卷一爲《傳習録》，題“門人徐愛、錢德洪述”。其餘卷首未題著者。書首有萬曆癸卯（三十一年）王時槐《陽明先生文選序》、萬曆癸卯吴達可《題陽明先生文選序》。末有未署年陸典《跋語》。

是書卷一爲《傳習録》諸條目，計徐愛録十四條、陸澄録六十條、薛侃録二十四條、陳九川録十二條、黄直録十三條、黄修易録十條、黄省曾録三條、錢德洪録三十四條、黄以方録十四條，與《王文成公全書》中的《傳習録》相較，陳九川等人所録條目删減較多。卷二爲書，計十八篇，包括後來收入《王文成公全書》之《傳習録》卷中的論學書七篇。卷三收賦、詩、序、記、墓誌等，計一百五篇。卷五收奏疏、公移，計四十八篇。此本缺卷四，參據陸典《跋語》及卷五内容，所收應爲奏疏若干篇。

是書摘取此前刊刻王陽明諸集，重加編次而成。書末陸典《跋語》云：“中丞李公謂虔刻未詳，復以刻於浙者，俾得徧搜，於是剪其煩文，存其切要，釐爲五卷。前三卷大率論學，後二卷則奏稿、公移。”又云：“至向所標《語録》《文録》《别集》《外集》《續編》，悉删去之，蓋道原無如許名目也。”《中國古籍善本書目》著録是書爲四卷，與陸典《跋語》所言不同，需進一步核查。

是書爲吴達可巡按江西時，命贛縣知縣陸典、瑞金知縣堵奎臨刊刻。書首吴達可《題陽明先生文選序》述刊刻緣起云："余來按江藩，巡歷贛郡，觸目感衷皆先生莅政譚道處。因索其遺編讀之，近於散涣無紀，而板刻且以年久湮損矣。遂語贛令，宜亟新之。贛邑陸令偕瑞金堵令窮日夜力，搜羅選擇，校梓成集。"王時槐《陽明先生文選序》亦云："爰命贛令陸君典偕瑞金令堵君奎臨，即先生全集摘録之，題曰《文選》，以便觀省，將授諸士，卒業焉，復囑時槐覆校之。"

倡刊者吴達可（生卒年不詳）字安節，一字叔行，宜興（今屬江蘇無錫）人。萬曆五年（1577）進士，歷知會稽、上高、豊城三縣，十四年（1586）選授御史，二十七年（1599）任長蘆巡鹽監察御史，擢太僕少卿，再遷南京太僕卿，以被論乞休去，卒贈右都御史。《明史》卷三百三十九有傳，又參《[道光]濟南府志》卷二十五。主持刊刻者陸典（生卒年不詳）字仰峰，石門縣（今屬浙江嘉興）人，萬曆二十九年（1601）進士，知江西贛縣，調豐城，改山東定陶知縣，入爲刑部主事，出知潮州府，轉惠潮副使，勤慎清介，講論格物歸仁之理。生平參《[光緒]嘉興府志》卷六十。共同主持刊刻者堵奎臨（生卒年不詳）號圖南，宜興（今屬江蘇無錫）人，選貢，萬曆三十年（1602）知瑞金，升雲南鄧川州知州。生平參《[康熙]瑞金縣志》卷六。

主持刊刻者吴達可爲王陽明後學，其《題陽明先生文選序》云："先生之學授之東廓鄒先生，東廓授之訥谿周先生，余固訥師親炙（按此本誤作"灸"）弟子也。"東廓鄒先生指鄒守益，訥谿周先生指周怡。鄒守益（1491—1562）字謙之，號東廓，江西安福（今屬江西吉安）人。正德六年（1511）會試第一、廷試第三，授翰林編修，踰年丁憂，從王陽明平宸濠之亂，嘉靖時因大禮議謫，後遷太常少卿，升南京國子祭酒，卒贈禮部右侍郎，謚文莊。生平參《明儒學案》卷十七。周怡（1505—1569）字順之，號訥谿，宣州太平（今屬安徽黄山）人。嘉靖十七年（1538）進士，授順德推官，入爲吏科給事中，先後因劾嚴嵩、諫齋醮下獄，隆慶時起太常少卿。早年師事鄒守益、王畿，於《傳習録》身體而力行之。生平參《明儒學案》卷二十五。

此本刻工有：科、思、三、華、日、商、十、存、心、㤅、刀、吊、文、上、直、光、正、今、文、右、又、工、才、元、竺、富、坤、合、曾壇（壇）、曾時（時）、舀、上六、升等。

《中國古籍善本書目》集部7519著録浙江圖書館、開封市圖書館收藏明萬曆三十一年（1603）陸典等刻本《文成先生文要》四卷，未著録國家圖書館藏本。

陽明先生道學鈔八卷

14209（善本）

《陽明先生道學鈔》八卷，明王守仁撰，明李贄輯。明萬曆三十七年（1609）武林繼錦堂刻本。存七卷（一至七）。4册。半葉9行18字，白口，四周單邊，單魚尾。版心上鎸卷名，中鎸卷次、葉次，下鎸字數。

各卷有分卷目録，末鎸“共××首或篇”。卷五目録末衍“與王晋溪司馬書（共十一首）”等字。

李贄（1527—1602）原名林載贄，號卓吾，又號宏甫、篤吾，别號温陵居士、龍湖叟，晋江（今福建泉州）人。嘉靖三十一年（1552）舉人，歷任河南輝縣教諭、北京國子監博士、禮部司務、南京刑部員外郎、雲南姚安知府。棄官後，寓黄安、麻城、龍湖等地，著書講學。後遭奏劾，以“敢倡亂道，惑世誣民”罪下獄，自刭於獄中。著有詩文集《焚書》《續焚書》，史評《藏書》《續藏書》，評點《水滸》《西廂》《琵琶》，輯《陽明先生道學鈔》等。

是書選録陽明先生論文、書信、雜著一百十六篇。卷一《論學書》十六篇；卷二“雜著書”二十二篇；卷三“龍場書”六篇；卷四“廬陵書”一篇；卷五“南贛書”二十八篇；卷六“平濠書”二十八篇；卷七“思田書”十五篇。此本缺卷八，爲《陽明先生年譜》。較明隆慶六年（1572）謝廷傑刻本《王文成公全書》三十八卷，是書篇目無出其外，文字或有節略。篇末或增李贄小字注語，如卷七《田州石刻》末云：“李卓吾曰：‘先生於此有深慶矣，自不覺屐齒之折也。’”此本卷三第一篇《瘞旅文》末有佚名墨筆批語。

此爲明萬曆三十七年（1609）武林繼錦堂刻本。是書李贄《陽明先生道學鈔序》末鎸“萬曆春月武林繼錦堂梓”，己酉爲萬曆三十七年，此本缺李贄《序》。

《中國古籍善本書目》子部 793 著録，北京大學圖書館等四家收藏。

鈐“國音”。

陽明先生道學鈔八卷

23055（普通古籍）

《陽明先生道學鈔》八卷，明王守仁撰，明李贄輯。明萬曆三十七年（1609）武林繼錦堂刻本。5册。半葉9行18字，白口，四周單邊，單魚尾。版心上鎸卷名，中鎸卷次、葉次，下間鎸字數。

書首有未署年李贄《陽明先生道學鈔序》；次總目録，各卷又有分卷目録，末鎸“共 ×× 首或篇”。卷五目録末衍“與王晋溪司馬書（共十一首）”。末有未署年李贄《陽明先生年譜後語》。

此爲李贄選録陽明先生論文、書信，加以評點，末附年譜。計八卷，卷一“論學書”十六篇；卷二“雜著書”二十二篇；卷三“龍場書”六篇；卷四“廬陵書”一篇；卷五“南贛書”二十八篇；卷六“平濠書”二十八篇；卷七“思田書”十五篇。卷八《陽明先生年譜》分上、下，按年編次陽明行實；又附《年譜後録》補其事迹，次《先生墓誌銘》《先生行狀節略》《年譜後人》。《年譜後人》言及嘉靖九至三十五年（1530—1556）後人修祠堂、建書院諸事，此本《年譜後人》葉七十六、七十七誤裝訂於李贄《陽明先生年譜後語》之後。

是書所收篇章較明隆慶六年（1572）謝廷傑刻《王文成公全書》未有新出，文字或有節略。年譜内容亦有節略、增改。書中有李贄評點，如卷六第十四、十五篇“破會城、擒宸濠，共六日耳，忒快煞”“绝妙”，卷七第三篇“仁人君子，千載生氣”等。

此爲萬曆三十七年繼錦堂刻本，李贄《陽明先生道學鈔序》末鎸“萬曆春月武林繼錦堂梓”，己酉即萬曆三十七年。

《中國古籍善本書目》子部 793 著録，北京大學圖書館等四家收藏。

鈐“長康”。

陽明先生文選四卷

2406（善本）

《陽明先生文選》四卷，明王守仁撰、明趙友琴輯。明萬曆趙友琴刻本。8冊。半葉10行20字，白口，左右雙邊，單白魚尾。版心中鎸“陽明文選”及卷次、葉次，下鎸寫工、刻工、字數。

卷端題“陽明先生文選卷之一”，又“後學涿郡趙友琴選”。書首有未署年趙友琴《陽明先生文選序》；次《陽明先生文選目録》。

趙友琴（生卒年不詳）明北直隸涿州（今屬河北保定）人，萬曆十三年（1585）舉人，曾任臨漳縣（今屬河南開封）知縣。仕履可參《[雍正]河南通志》卷三十四、《[雍正]畿輔通志》卷六十五。

是書按文體編次，收書三卷七十八篇，序、記、説、雜著合一卷共四十四篇。目録及正文篇題下皆標注年月，書札自正德己巳（四年，1509）至嘉靖戊子（七年，1528）；各體雜著最早爲壬戌（弘治十五年，1502）之《兩浙觀風詩序》，最晚至乙酉（嘉靖四年，1525）之《親民堂記》等篇。

是書爲趙友琴於臨漳縣令任上所刻。書首趙友琴《序》云：“（友琴）竊有志於先生良知之學脉也，謬刻而序之，以公諸同志”，序末署“後學臨漳令文林郎涿鹿趙友琴”。據《[雍正]河南通志》卷三十四，趙友琴於萬曆四十一年至四十四年（1613—1616）任臨漳縣知縣。知是書刻於萬曆末。

此本刻工有：沈所知、吴欽、張邦傑、沈所能。寫工：沈都。

《中國古籍善本書目》集部7526著録，國家圖書館一家收藏。

鈐“訪渠收藏書籍”“王義檢印”“訪渠”。

王文成公文選八卷

19132（善本）

《王文成公文選》八卷，明王守仁撰，明王畿輯，明鍾惺評。明崇禎六年（1633）刻本。16 册。半葉 9 行 19 字，白口，四周單邊，無魚尾。欄上鎸評，行不等，每行 4 字。版心鎸“王文成集”及卷次、葉次。

卷端題“王文成公文選卷一”，又“門人王畿編次”“後學鍾惺評”“曾孫王川訂”。書首有未署年鍾惺《王文成公文選序》、崇禎癸酉（六年）陶珽《鍾伯敬評王文成公文選叙》、未署年王畿《重刻陽明先生文選》、未署年王川《跋》；次《王文成公文選目録》。

王畿（1498—1583）字汝中，號龍溪，山陰（今浙江紹興）人，王守仁弟子，與王艮并稱“王門二王”。嘉靖十一年（1532）進士，纍官至南京兵部武選郎中。因大學士夏言斥王學爲“僞學”，謝病歸。講學四十餘年，足迹遍吴、楚、閩、越、江、浙諸地，著有《龍溪王先生全集》。《明史》卷二百八十三有傳。鍾惺（1574—1624）字伯敬，號退谷，又號止公居士、晚知居士，竟陵（今湖北天門）人。萬曆三十八年（1610）進士。歷官行人、工部主事、南京禮部儀制司主事、祠祭司郎中、福建提學僉事等。通經學，工詩文，著《諸經圖》《毛詩解》《史懷》《隱秀軒集》，輯《宋文歸》《明詩歸》等。生平見《明史》卷二百八十八。

是書卷一、二疏；卷三書；卷四序、記、書後、祭文、墓表、跋、説、碑；卷五策、公移；卷六賦、古詩、五言古詩、七言古詩、五言律詩、七言律詩、五言绝句、七言绝句；卷七年譜上，自成化八年至正德十六年（1472—1521）；卷八年譜下，自嘉靖元年至隆慶二年（1522—1568），又附《年譜後録》，載陸澄《辨忠讒以定國是疏》《先生墓誌銘》《先生行狀節略》《年譜後人》等。

前六卷共詩文計約二百二十篇，篇目經王畿選輯、重編。較明隆慶六年（1572）謝廷傑刻《王文成公全書》，同一組詩依文體分拆各處，文字亦多節略、改動。篇末、眉批、行間又增鍾惺按語、批注。後二卷《年譜》依明李贄編《陽明先生道學鈔》中《年譜》文字，略有改動。

此爲明崇禎六年刻本，書首是年陶珽《鍾伯敬評王文成公文選敘》云："獨於竟陵得吾友鍾伯敬所評《公》《穀》《國策》《國語》……與夫《王文成選》，諸遺書一十八種……因謀之梓。"

《中國古籍善本書目》集部 7527 著録，國家圖書館等十三家收藏。

王文成公文選八卷

93441（普通古籍）

《王文成公文選》八卷，明王守仁撰，明王畿編，明鍾惺評。民國七年（1918）上海新學會社鉛印本。4 册。半葉 11 行 26 字，白口，四周雙邊，單魚尾。欄上鎸評，行不等，每行 4 字。版心鎸“王文成公文選”及卷次、葉次。

卷端題“王文成公文選卷一”，又“門人王畿選定”“後學鍾惺評點”。扉葉正題“戊午八月仿印袖珍本 / 王文成公文選 / 奉化後學江起鯤署耑”，葉背題“上海新學會社藏版”。

書首有崇禎癸酉（六年，1633）陶珽《鍾伯敬評王文成公文選叙》、未署年鍾惺《王文成公文選序》、未署年王畿《重刻陽明先生文選》。各卷有《王文成公文選》分卷目録。

據扉葉，此爲民國七年上海新學會社鉛印。此本與明崇禎六年刻《王文成公文選》八卷本篇目同，然書首無王川《跋》，卷端無“曾孫王川訂”字樣。

陽明先生集要三編十五卷年譜一卷

T1511（善本）

《陽明先生集要三編》十五卷《年譜》一卷，明王守仁撰，明施邦曜輯。明崇禎七至八年（1634—1635）王立準刻本。缺一卷（經濟編卷七）。9 册。半葉 10 行 20 字，白口，左右雙邊，單魚尾。版心上鎸“陽明先生理學集”，或“經濟集”“文章集”，中鎸卷次、葉次，下鎸刻工、字數等。

三編卷端分别題“陽明先生集要理學編卷一”“陽明先生集要經濟編卷一”“陽明先生集要文章編卷一”；次二行題“同邑後學施邦曜重編，江右後學曾櫻參訂”。《年譜》卷端題“年譜”，正文首行題“王先生守仁，字伯安”等。

書首有未署年林釬《王陽明先生集叙》，次崇禎乙亥（八年，1635）王志道《陽明先生三編序》，次未署年施邦曜《陽明先生文集叙》，次崇禎乙亥（八年）黄道周《王文成集要三編序》。書末有崇禎八年王立準《跋》。各卷前有分卷目録。《理學集》卷三，《經濟集》卷二、三、六，《經濟集》卷二末鎸“臨海後學王立準較梓”。

施邦曜（1585—1644）字爾韜，人稱四明先生，出文成之鄉，餘姚（今屬浙江）人。萬曆四十一年（1613）進士，不樂爲吏，改順天武學教授，歷國子博士、工部營繕主事，進員外郎，魏忠賢興三大殿工程，諸曹郎奔走其門，邦曜不往，後遷屯田郎中，自請出任漳州知府，升福建左布政使，官至左副都御史。明亡，自縊，贈太子少保，謚忠介，清賜謚忠愍。《明史》卷二百六十五有傳。

邦曜因苦陽明之書帙繁難携，“因纂其切要者，分爲三帙”。首附《陽明先生年譜》一卷，叙明成化八年（1472）至隆慶二年（1568）事。三編依次爲《理學集》四卷、《經濟集》七卷、《文章集》四卷。

《理學集》取《傳習録》内容，述其思想。卷一分傳習録一（共十六條）、傳習録二（共六十七條）、傳習録三（共三十五條），對應明隆慶六年（1572）謝廷傑刻本《王文成公全書》之《傳習録》上。卷二分語録（共六十條）、《大學問》，語録對應《傳習録》下，又新增六條；《大學問》對應《全書》卷二十六之《大學問》。卷三、四對應《全書》之《傳習録》中。篇序或有改動，内容有所節略。

《經濟集》彙其奏議、公移，自立朝而虔州，訖思、田，彰顯其政治才干。此本存六卷，卷一奏疏公移、平閩廣寇，卷二平横水桶岡，卷三平三浰，卷四平宸濠，卷五巡撫江西，卷六平思田。

《文章集》收其詩文。卷一書、序；卷二記、説；卷三書卷、誌、表、傳、論、箴銘、文、祭文；卷四賦、詩。卷四中詩又分寄興詩、憂患詩、戰伐詩、道學詩四類。

是書所收篇章，有未見於明隆慶六年（1572）謝廷傑刻《王文成公全書》者，如《理學編》卷二中語録六條："答郭慶""吴良吉""語弟子""嘗曰又曰""語友人""又語友人""答問者"；《經濟編》卷一《行廣東領兵官搜剿可塘餘賊》等。是書篇末及書眉鎸施氏評語。王立準《跋》云"《全集》取備，《三編》取要，公之教，盡文成之教，而點綴闡明，條分縷析。"

此爲明崇禎七至八年王立準刻本。書首崇禎八年王立準《跋》云："一日，（施公）出文成集示準，曰：'此余所删定《三編》也。'……（準）獨唯奉命壽梓以來，始甲戌冬（七年，1634），竣乙亥（八年 1635）夏。中間見公所審定凡再四，如數語稍未愜衷，不憚既梓，悉易隻字，必期全美。"

書首副葉有甲辰（乾隆四十九年，1784）張廷枚墨筆題識一則，鈐"廷枚""維吉"。次葉張廷枚乾隆甲辰題識一則，鈐"廷枚""維吉""羅山"。書中有其朱筆批校。

此本刻工有：黄宇、宇、陳盛、盛、葉泗、葉、方達、汪明、汪、明、劉或刘全、全、陳煌、陳、煌、鄭奐、李寅、李英、陳云、鄭德、黄德、德、方正、方明、方、明、毛鳳、毛、李山、山、陳金、金、陳盛、盛、曾六、六、刘德、沈正、方達、余參、余、江三、江、郭貴、郭、李辰、李振、振、陳日、日等。“校”作“較”，避明末天啓、崇禎諱。

《中國古籍善本總目》子部795著録明崇禎八年王立準刻本，國家圖書館、山東師範大學圖書館收藏。

鈐“張廷枚印”“張羅山收藏印”“羅山讀”“惟吉”，爲清乾隆時張廷枚收藏。張廷枚（生卒年不详）字惟吉，諸生，浙江餘姚人，勤於採擇，以姚江文獻自任，嘉慶元年（1796）舉孝廉，旋卒。又鈐“華鳳翔”“華毅如”。

陽明先生集要三編十五卷年譜一卷

23054（普通古籍）

《陽明先生集要三編》十五卷《年譜》一卷，明王守仁撰，明施邦曜輯。清乾隆五十二年（1787）濟美堂刻本。10 册。半葉 10 行 20 字，白口，左右雙邊，單魚尾。三編卷端版心上鎸“陽明先生理學集”，或“經濟集”“文章集”，中鎸卷次、葉次，下鎸濟美堂。

三編卷端分别題“陽明先生集要理學編卷一”“陽明先生集要經濟編卷一”“陽明先生集要文章編卷一”；次二行爲“施四明先生評輯”“邑後學徐坤師厚、朱培行仲皜謹校”，“徐坤師厚”或易爲黄璋稚圭、張廷枚唯吉。《年譜》卷端題“陽明先生年譜”，正文首行題“先生諱守仁，字伯安”等。扉葉題“乾隆丁未重刊”“陽明先生集要三編”“濟美堂藏板”。

書首有《原序》，包括未署年林釬序、未署年顔繼祖序、崇禎乙亥（八年，1635）王志道序、甲戌（崇禎七年，1634）曹惟才序、未署年王命璿序、崇禎乙亥（八年）黄道周序；次未署年施邦曜《施四明先生原序》、崇禎八年王立準《原跋》。次《陽明先生集要三編總目》，各卷有分卷目録。《理學編》卷二“語録”末有施邦曜《識》。書末有清乾隆五十二年徐坤《重刻陽明先生集要三編後序》、乾隆五十二年黄璋識、乾隆丁未（五十二年）張廷枚識。

是書首爲《陽明先生年譜》一卷，次《理學集》四卷、《經濟集》七卷、《文章集》四卷。篇末及書眉鎸施氏評語。

扉葉題“乾隆丁未重刊”“濟美堂藏板”。清乾隆五十二年（1787）徐坤序述刊刻事云：“特其板漫漶流傳者少，吾友黄子華陔、張子羅山與予商確，思欲重開雕以公諸海内，而朱生庸庵欣然以爲己任”，知是書由朱培行重梓。黄璋、張廷枚識亦言及刊刻事。書中收録明崇禎七至八年（1635）王立準刻本諸序，刊刻時當參據崇禎本，此本部分篇章小注增加時間，更爲完善。

《中國古籍善本書目》叢部338著録爲《陽明先生集要》四種十六卷，天津圖書館、湖北省圖書館二家收藏。

陽明先生集要三編十五卷年譜一卷

85474（普通古籍）

《陽明先生集要三編》十五卷《年譜》一卷，明王守仁撰，明施邦曜輯。清光緒五年（1879）黔南刻本。16 册。存十五卷（《陽明先生集要三編》十五卷）。半葉 10 行 20 字，白口，左右雙邊，單魚尾。版心上鎸“陽明先生理學集”，或“經濟集”“文章集”，中鎸卷次、葉次。

三編卷端分别題“陽明先生集要理學編卷一”“陽明先生集要經濟編卷一”“陽明先生集要文章編卷一”；次二行爲“施四明先生評輯”“邑後學徐坤師厚、朱培行仲皜謹校”,“徐坤師厚”或易爲黄璋稚圭、張廷枚唯吉。扉葉正題“陽明先生集要三編”，背題“光緒己卯四月黔南重刊”“板存貴州省城外扶風山陽明祠”，己卯爲光緒五年。

書首有未署年林肇元識；次《原序》，包括未署年林釬序、未署年顔繼祖序、崇禎乙亥（八年，1635）王志道序、甲戌（崇禎七年，1634）曹惟才序、未署年王命璿序、崇禎乙亥（八年）黄道周序；次未署年施邦曜《施四明先生原序》，清乾隆五十二年（1787）徐坤《重刻陽明先生集要三編後序》、乾隆五十二年黄璋識、乾隆丁未（五十二年）張廷枚識；次崇禎八年王立準《原跋》。《理學編》卷二“語録”末有施邦曜《識》。書首有《陽明先生集要三編總目》，各卷有分卷目録。

是書《理學集》四卷、《經濟集》七卷、《文章集》四卷，篇末及書眉鎸施氏評語。是書光緒五年刻竣，書首林肇元識述刊刻事云：“（是書）初刊於閩，國變板毁。我朝乾隆間朱君培行刊於越，嘉慶間再毁於火，咸豐間越城失，則片紙俱無矣”，後黎簡堂中丞得陽明之裔王介臣所贈《陽明集要三編》一書而刻之”“（肇元）受校訂之任，商之吴眉生廉訪、曾挐民觀察，動支局款，開雕於戊寅（光緒四年）夏五月，蕆工於己卯（光緒五年）夏六月。”書中收録清乾隆五十二年濟美堂刻本《陽明先生集要三編》舊序，可知據其重刻。

書衣粘貼舊簽，鈐“善成堂自在蘇杭浙閩檢選古今書籍發兑”。

陽明先生集要三編十五卷年譜一卷古本大學注一卷

56593（普通古籍）

《陽明先生集要三編》十五卷《年譜》一卷《古本大學注》一卷，明王守仁撰，明施邦曜輯。清光绪三十二年（1906）铅印本。12册。半葉10行20字，白口，四周雙邊，單魚尾。版心上鎸“陽明先生理學集”，或“經濟集”“文章集”，中鎸卷次、葉次。

三編卷端分别題“陽明先生集要理學編卷一”“陽明先生集要經濟編卷一”“陽明先生集要文章編卷一”；次二行爲“施四明先生評輯”“邑後學徐坤師厚、朱培行仲皜謹校”，“徐坤師厚”或易爲黄璋稚圭、張廷枚唯吉。扉葉題“重刊陽明先生集要三編”“板存江南製造局”。

書首有清光緒三十二年鄭孝胥《陽明先生集要三編序》、丙午（光緒三十二年）馬良《陽明先生集要三編序》、未署年嚴復《陽明先生集要三編序》、光緒三十二年方碩輔《陽明先生集要三編序》；次未署年施邦曜《施四明先生原序》、明崇禎八年（1635）王立準《原跋》、崇禎乙亥（八年）王志道《原序》、未署年顔繼祖《原序》、甲戌（崇禎七年，1634）曹惟才《原序》、未署年王命璿《原序》、崇禎乙亥（八年）黄道周《原序》、未署年林釪《原序》、乾隆五十二年（1787）徐坤《重刻陽明先生集要三編原後序》、乾隆五十二年朱培行《重刻陽明先生集要三編原後序》、乾隆丁未（五十二年）張廷枚《重刻陽明先生集要三編後序》、未署年林肇元《三刻陽明先生集要三編序》。次《陽明先生集要三編總目》，各卷前有分卷目録。次《王陽明先生遺像》；次隆慶元年（1567）誥命；次自公堂主人（俞嶙）識、光緒丙午（三十二年）劉原道識。《理學編》卷二“語録”末有施邦曜《識》。《文章編》卷四後有方碩輔《後序》。

是書首爲《陽明先生年譜》一卷，次《理學集》四卷、《經濟集》七卷、《文章集》四卷，附《古本大學原文》及《古本大學注》。篇末及書眉鐫施邦曜評語。

此爲光绪三十二年铅印本。書首嚴復序云："丙午長夏，方君芑南、魏君蕃實重刊《陽明集要三編》成，諉復爲之序"；又馬良《序》末題署"丙午孟冬鉛印告成，馬良拜識"，丙午爲光緒三十二年。

此本收録崇禎刻本、乾隆五十二年刻本、光緒五年刻本《陽明先生集要三編》諸序，當與此前版本有淵源關係。然序文中以清乾隆五十二年（1787）朱培行序替以原黄璋識，書中增《王陽明先生遺像》、隆慶誥命及俞嶙自公堂主人識，書末附《古本大學原文》及《古本大學注》，是書還應參據康熙俞嶙所輯《王陽明先生全集》而有所增益。

陽明先生集要三種十五卷年譜一卷古本大學注一卷

16502（普通古籍）

《陽明先生集要三種》十五卷《年譜》一卷《古本大學注》一卷，明王守仁撰，明施邦曜輯。清光绪三十三年（1907）上海明明学社铅印本。4 册。半葉 13 行 29 字，白口，四周雙邊。版心上鎸“陽明先生理學集”，或“經濟集”“文章集”，中鎸卷次、葉次。

三種卷端分别題“陽明先生理學集卷一”“陽明先生經濟集卷一”“陽明先生文章集卷一”；次二行爲“施四明先生評輯”“邑後學徐坤師厚、朱培行仲皜謹校”,“徐坤師厚”或易爲黄璋稚圭、張廷枚唯吉。扉葉題“丁未六月印行”“陽明先生集要三種”“第一册 明明学社藏版”，丁未爲光緒三十三年。

書首有清光緒三十二年（1906）鄭孝胥《陽明先生集要三種序》、丙午（光緒三十二年）馬良《陽明先生集要三種序》、未署年嚴復《陽明先生集要三種序》、光緒三十二年方碩輔《陽明先生集要三種序》；次未署年施邦曜《施四明先生原序》、明崇禎八年（1635）王立準《原跋》、崇禎乙亥（八年）王志道《原序》、未署年顔繼祖《原序》、甲戌（崇禎七年，1634）曹惟才《原序》、未署年王命璿《原序》、崇禎乙亥（八年）黄道周《原序》、未署年林釬《原序》、乾隆五十二年（1787）徐坤《重刻序》、乾隆五十二年朱培行《重刻序》、乾隆丁未（五十二年）張廷枚《重刻序》、未署年林肇元《三刻陽明先生集要三編序》。次《陽明先生集要三種總目》，各卷前有分卷目録。次《王陽明先生遺像》；次隆慶元年（1567）誥命；次自公堂主人（俞嶙）識、光緒丙午（三十二年）劉原道識。《理學編》卷二“語録”末有施邦曜《識》。《文章編》卷四後有方碩輔《後序》。

書末有清光緒三十三年葛鍾秀《陽明先生集要三種跋》。

是書首爲《陽明先生年譜》一卷，次《理學集》四卷、《經濟集》七卷、《文章集》四卷，附《古本大學原文》及《古本大學注》。篇末及書眉鐫施邦曜評語。

此爲光緒三十三年明明學社印本。扉葉題“丁未六月印行”，書末版權頁題“光緒丁未年四月付印”“光緒丁未年六月發行”，又皆題“明明学社藏版”。書中收録清光绪三十二年（1906）铅印本《陽明先生集要三編》十五卷《年譜》一卷《古本大學注》一卷舊序，部分序名改動，當據光緒三十二年本再版。

陽明先生集要三種十五卷年譜一卷古本大學注一卷

57278（普通古籍）

《陽明先生集要三種》十五卷《年譜》一卷《古本大學注》一卷，明王守仁撰，明施邦曜輯。清宣統三年（1911）上海明明學社鉛印本。4 冊。半葉 13 行 29 字，白口，四周雙邊，無直欄。版心上鎸篇名，中鎸卷次，下鎸葉次。

三種卷端分別題“陽明先生理學集卷一”“陽明先生經濟集卷一”“陽明先生文章集卷一”；次二行題“施四明先生評輯”“邑後學朱培行仲皜、徐坤師厚謹校”，“徐坤師厚”或易為黃璋稚圭、張廷枚唯吉。《年譜》卷端題“陽明先生年譜”。扉葉題“宣統三年二月三版”“陽明先生集要三種”“明明學社印行”。

書首有《會稽陽明洞原圖》；次明明學社主人識；次清光緒三十二年（1906）鄭孝胥《陽明先生集要三種序》、丙午（光緒三十二年）馬良《陽明先生集要三種序》、未署年嚴復《陽明先生集要三種序》、光緒三十二年方碩輔《陽明先生集要三種序》；次未署年施邦曜《施四明先生原序》、明崇禎八年（1635）王立準《原跋》、崇禎乙亥（八年）王志道《原序》、未署年顏繼祖《原序》、甲戌（崇禎七年，1634）曹惟才《原序》、未署年王命璿《原序》、崇禎乙亥（八年）黃道周《原序》、未署年林釬《原序》、乾隆五十二年（1787）徐坤《重刻序》、乾隆五十二年朱培行《重刻序》、乾隆丁未（五十二年）張廷枚《重刻序》、未署年林肇元《三刻陽明先生集要三編序》。次《陽明先生集要三種總目》，各卷前有分卷目録。次《王陽明先生遺像》；次隆慶元年（1567）誥命；次自公堂主人（俞嶙）識、光緒丙午（三十二年）劉原道識。《理學編》卷二“語録”末有施邦曜《識》。《文章編》卷四後有方碩輔《後序》。書末有清光緒三十三年（1907）

葛鍾秀《陽明先生集要三種跋》。

是書首爲《陽明先生年譜》一卷，次《理學集》四卷、《經濟集》七卷、《文章集》四卷，附《古本大學原文》及《古本大學注》。篇末及書眉鎸施邦曜評語。

此爲宣統三年明明學社三版印本。扉葉題“宣統三年二月三版”“明明學社印行”；書末版權頁題“明明學社藏版”“宣統三年二月三版”。較清光绪三十三年上海明明学社铅印本，此本書首增《會稽陽明洞圖》及明明學社主人識。

陽明先生要書八卷附録五卷

56835（普通古籍）

《陽明先生要書》八卷《附録》五卷，明王守仁撰、明陳龍正纂。明崇禎八年（1635）刻本。存一卷（卷一）。4 册。半葉 9 行 19 字，白口，四周單邊，白魚尾，書眉鎸評點。版心上鎸“陽明要書”，中鎸卷次、文類、葉次。

卷端題“陽明先生要書卷一上”“陳龍正纂”，次行題“傳習録上”。書首有崇禎壬申（五年，1632）陳龍正序（缺首葉），末題“松陵門人顧伯宿鍾星、古吴門人施洪先湘文仝較”。次《陽明先生要書卷一上目録》。

陳龍正（？—1645）字惕龍，號幾亭，嘉善（今屬浙江嘉興）人。崇禎七年（1634）進士，授中書舍人，好言事被劾，左遷南京國子監丞，入清後杜門讀書，未幾卒。爲高攀龍弟子，著《幾亭全书》《救荒策会》等。《明史》卷二百五十八、《明儒学案》卷六十一有傳。

《陽明先生要書》卷一爲《傳習録》；卷二書；卷三詩；卷四奏疏；卷五文移；卷六策、序；卷七記、説、題跋、雜著；卷八墓表、祭文。卷一《傳習録》分上、下，計收《傳習録》二百五十條。《傳習録》上收徐愛録十五條、陸澄録七十三條、薛侃録三十三條，共計一百二十一條；《傳習録》下收陳九川録十八條、黄直録十五條、黄修易録十一條、黄省曾録九條、錢德洪録五十一條、黄以方録二十五條，共計一百二十九條。

《陽明先生要書》有明崇禎刻本和明崇禎葉紹顒刻清初印本。後者除陳正龍《陽明先生要書序》之外，又有崇禎乙亥（八年）葉紹顒《陽明要書序》、順治辛丑（十八年，1661）葉方靄《陽明要書後序》；卷端題爲“陽明先生要書卷一上”“松陵葉紹顒纂，魏里陳龍正參”“侄葉方恒、葉方藹”“男葉僟、葉僜仝較”，將葉紹顒列爲主要撰著者，陳龍正列爲其次。

關於是書的撰著者，陳正龍在《陽明先生要書序》（此本缺首葉）中謂爲己作："余沉潛紬繹於文成之書者踰年，恍乎登其堂而聆其謦欬也。惜其書亂而少次，繁而反晦，剖類多而滋混，欲使人人讀而取益焉，乃纂爲《要書》。"而葉紹顒刻清初印本中的葉紹顒《陽明要書序》，謂爲二人"參互而合并"之作："余自束髮時，即沉潛先生之書，考正較異，匪朝伊夕。一日，京邸與陳幾亭訏衡時事，感慨於斯人之不作。幾亭出其枕中鴻寶，則丹鉛先生之集，大約同者什九、異者什一，不覺狂呼劇歡，遂參互而合并之，命曰《陽明要書》。"以此本所存第一卷與葉紹顒刻本比對，書中摘録陽明語録後，於每則之後或文中有小字評點，二本文字基本相同，但葉紹顒刻本的評論略有删減，偶將關於文章筆法的評語移至書眉。然是書二本署名不同，原委未詳。

此本卷端撰著者題爲"陳正龍"。《中國古籍善本書目》著録爲明崇禎八年刻本，中國科學院文獻情報中心、天津圖書館等收藏單位著録爲"崇禎刻本"。此處從《中國古籍善本書目》著録爲崇禎八年刻本。

《中國古籍善本書目》集部 7528 著録明崇禎八年刻《陽明先生要書》，中國科學院文獻情報中心、天津圖書館、四川省圖書館等六家收藏，另知北京大學圖書館著録。又集部 7529 著録明崇禎葉紹顒刻清初印本，復旦大學圖書館、南京圖書館、中山大學圖書館三家收藏，另知台灣漢學研究中心收藏。

王陽明先生文鈔二十卷

85399（普通古籍）

《王陽明先生文鈔》二十卷，明王守仁撰，清張問達輯。清康熙致和堂刻本。12册。半葉9行23字，白口，四周單邊，單魚尾。版心上鎸書名，中鎸卷次、文類、葉次。

卷端題“王陽明先生文鈔卷一”，又“後學江都張問達編輯”。扉葉題“王陽明先生全集”“致和堂梓行”。書首有康熙二十八年（1689）張問達《序》；次隆慶二年（1568）《贈新建侯制》；次張問達撰《凡例》；次嘉靖四十三年（1564）徐階《陽明先生像記》；次《參訂受業姓氏》三十五人、《參訂姓氏》十四人；次《王陽明先生文鈔目録》。

張問達（生卒年不詳）字天民，江都人。康熙五年（1666）舉人，十六年（1677）任休寧縣教諭，升趙城知縣，後罷歸，講學終老，年八十二。著《易辨疑》《左傳分國紀事》《宋名臣言行録節要》《河道末議》諸書。生平參《[康熙]徽州府志》卷四、《[乾隆]江都縣志》卷二十。

書首《凡例》述是書編次云："先生致良知之學，直接孔孟心傳，故首鈔《傳習録》、次鈔《大學或問》，尊道統也。文章功業，莫非聖道之流行，次鈔奏疏，次序、記，次書，次經説、論、策、説，次書卷、題、跋、雜著，次箴、銘、碑、贊、祭文，次賦、詩，次公移。各以體類，按年叙次。編年者，先生之意也，分體類者，便後學檢查也。其原書所分内編、外編、文録、别録、續編諸名目，皆爲合并。"

卷一至三爲《傳習録》，與明隆慶六年謝廷傑刻《王文成公全書》之《傳習録》三卷對應，但條目、文字略有删改，計有徐愛録十四條、陸澄録七十三條、薛侃録三十四條，論學書八篇，陳九川録二十條、黄直録十五條、黄修易録十一條、黄曾省録十二條、錢德洪録五十四條、黄直録二十六條；另有若干條爲《王文成公全書》所未見。卷四爲《大學或問》。卷五至七爲奏疏，計三十四篇。卷八爲序，計三十五篇。卷九爲記，計二十五篇。卷十至十二爲書，計一百十二篇。卷十三爲經説、論、策、説，計二十一篇。卷十四爲書卷、題、跋、雜著，計四十三篇。卷十五爲箴、銘、碑、贊、祭文，約三十篇。卷十六爲賦、詩，計五十九篇。卷十七至十九爲公移，計七十六篇。卷二十爲年譜簡編。

是書爲張問達輯刻王陽明文章。張問達以王陽明後學自視，書首張問達《序》云："問達口頌心維，手鈔目識，竊附於私淑之後。"據張問達序及扉葉，此爲清康熙致和堂刻本。是書有康熙抄本十六卷存世，卷次不同，所收篇章多寡亦有待比對。此本有墨筆圈點。

書首《凡例》詳述選録標準及編排體例。張問達重視王陽明德業，并以此着眼選篇擇句。即如《凡例》第五所云："文以載道，先生德業皆從良知發現，學者不能窺見先生全體大用，多即一端以求先生。然沿流溯源，莫非入道之門，故於先生序、記、雜著，一并鈔録。"第七條又云："先生德業不藉詩文而傳，故文之無關學業者，多未入鈔。亦有鈔其全篇，略加删節者，賦存一篇、詩僅存十之二三，竊以是先生之志也。"《凡例》第三條云："奏疏、公移所載屬司詳文，多不雅馴，今盡删削"，但除奏疏、公移外，書中的其他各類文章亦多有删改。另，此本有墨筆圈點。

《中國古籍善本書目》集部7532著録北京大學圖書館藏清康熙抄本《王陽明先生文鈔》十六卷。《中國古籍總目》集部7503著録國家圖書館、天津圖書館兩家收藏此康熙刻本，知上海圖書館、浙江圖書館亦藏。

王文成公集要七卷觀感録一卷

17494（普通古籍）

《王文成公集要》七卷，明王守仁撰，清劉永宧編；《觀感録》一卷，明李顒撰。清嘉慶三年（1798）原邑劉永宧刻本。6册。半葉9行19字，白口，四周雙邊，單魚尾。版心上鎸“傳習録”或“年譜”及所屬卷次，中鎸總卷次、葉次。

《集要》卷端題“王文成公集要卷之一”，次行題“語録一”“傳習録上”；未題著者。《觀感録》卷端題“觀感録”“後學二曲李中孚編次”。書首有未署年周元鼎《序》、嘉慶三年（1798）劉永宧《序》、李顒評述；次《舊序》，爲徐愛《傳習録序》。

劉永宧，生平仕履不詳，據《王文成公集要》序，知其爲原邑（今河南濟源）人，嘉慶三年編刻《王文成公集要》。李顒（1627—1705）字中孚，號二曲，盩厔（今陝西周至）人。家貧苦學，遍讀經史諸子，後主講關中書院，清廷屢徵，绝食堅拒。爲學主兼採朱、陸兩派，重視實學，提倡“明體適用”，與孫奇逢、黄宗羲并稱，著有《四書反身録》《二曲集》等。

劉永宧選輯王陽明《傳習録》《年譜》，合李顒相關評述成此書。其編纂大旨如劉永宧《序》云：“以斯集吾鄉既不多見，而全集亦未免浩繁也，因刻其《傳習録》以存學教之大旨，刻其《年譜》以見行迹之大端，而所謂學與教者亦附見焉。”卷一至三收《傳習録》全部，又收《大學問》《大學古本序》《觀德亭記》《親民堂記》《稽山書院尊經閣記》《示弟立志説》《博約説》等序説七篇，及《教條示龍場諸生》。卷四所記自成化壬辰（八年，1472）始至正德戊寅（十三年，1518）征贑，卷五自正德己卯（十四年，1519）在江西至正德辛巳（十六年，

1521）歸越，卷六自嘉靖壬午（元年，1522）在越至嘉靖己丑（八年，1529）喪。卷七包括《王文成公全書》卷三十五的年譜附録一，爲嘉靖九年（1530）建精舍於天真山至四十三年（1564）重修洪都王公仰止祠，較《王文成公全書》少嘉靖四十五年（1566）至隆慶二年（1568）事；并摘選卷三十六年譜附録二的部分篇章。卷七首題“附録四年譜四”“年譜附録二”，又收錢德洪《陽明先生年譜序》、羅洪先《陽明先生年譜考訂序》、王畿《刻陽明先生年譜序》，及原收於《王文成公全書》卷三十八《世德紀》中湛若水的《陽明先生墓誌銘》。

劉永宦編選循李顒主張，是書首冠以李顒評述，爲《體用全學》中關於《陽明集》的論述；書末附《觀感録》，原載於李顒《二曲集》，文中爲多人立小傳，旨在説明人皆可改悔而致聖賢。此二者一首一尾，其意旨如周元鼎《序》所云：“因摘李二曲之論，令弁諸首，而以《觀感録》附其後，庶乎讀之者，一以爲指南，一以爲鞭影耳。”

王陽明诗集四卷

91260（普通古籍）

《王陽明诗集》四卷，明王守仁撰，日本近藤元粹选评。日本明治四十三年（1910）嵩山堂铅印本。4册。上下二欄，上欄鐫評語，下欄半葉10行20字，白口，四周雙邊，單魚尾。版心上鐫書名，中鐫卷次、葉次。

卷端題“王陽明詩集卷之一”“伊豫松山、近藤元粹純叔評訂”。扉葉題“南州近藤元粹先生選評”“王陽明詩集”“嵩山堂出版”。書首有明治四十三年（宣統二年，1910）近藤元粹《緒言》。次《明史·王陽明傳》，題張廷玉撰《明史本傳》。書末爲版權頁。各卷首有分卷目録。各卷末均題“男元精校字”。

近藤元粹（1850—1922）字純叔，别號螢雪軒主人，日本伊豫（今愛媛縣）人，官至南州外史。是日本著名的儒學家、漢學家，對中國詩學用力頗深，曾搜集中國歷代詩話輯成《螢雪軒叢書》，評訂陶淵明、李白、杜甫、蘇軾、陸游等人詩集。

是書專收王陽明詩，共計四卷五百九十二首。卷一爲《歸越詩》三十五首、《山東詩》六首、《京師詩》八首、《獄中詩》十四首、《赴謫詩》五十五首，計一百十八首。卷二爲《居夷詩》一百十首、《廬陵詩》六首、《京師詩》十九首、《歸越詩》五首、《滁州詩》三十七首，計一百七十七首。卷三爲《南都詩》四十七首、《贛州詩》三十六首、《江西詩》（上）七十九首，計一百六十二首。卷四爲《江西詩》（下）四十二首、《居越詩》三十四首、《兩廣詩》二十一首、《外集詩》三十八首，計一百三十五首。

是書上欄爲近藤元粹評語，就詩之意旨、文辭詳加評論。行間除句讀外，亦加着重符號，以助於品評。

是書刊刻於日本明治四十三年，書末版權頁題“明治四十三年八月十五日印刷”“明治四十三年八月廿五日發行”，發行兼印刷者“青木恒三郎”，發行所爲“青木嵩山堂”。後附《嵩山堂出版漢詩書類》目録三頁，收録嵩山堂所刻漢詩著作，其中有近藤元粹評述的詩集多種。

王文成公書牘一卷

35745（普通古籍）

《王文成公書牘》一卷，明王守仁撰。民國三年（1914）上海圖書局石印本。1册。半葉14行31字，黑口，四周雙邊，單魚尾。版心上鎸“王文成公書牘”，下鎸葉次。

卷端題“王文成公書牘”。扉葉題“王守仁著”“王陽明書牘”“拙盦題”。書首有《王文成公書牘目録》。書末有版權頁。

是書輯録王守仁與他人往來信件、書札共一百三十六篇。

此爲民國三年上海圖書局石印本，書末版權頁題“中華民國三年三月初版”“印刷者 上海圖書局”“發行者 上海文瑞樓書莊”。此爲上海圖書局發行的書牘叢書本之一，與它同時發行的還有韓昌黎書牘等十餘種。是書爲王守仁書牘的第一次結集編訂，在民國時期發行量較大，對陽明心學在近代的傳播起到重要作用。

王陽明尺牘一卷

102599（普通古籍）

《王陽明尺牘》一卷，明王守仁撰。民國十年（1921）上海文明書局石印《明清十大家尺牘》本。1 册。半葉 16 行 36 字，黑口，四周雙邊，單魚尾。版心上鎸“王文成公尺牘”，下鎸葉次。

卷端題“王陽明尺牘”。扉葉題“王陽明尺牘”“上海文明書局印行”。書首有《王陽明尺牘目録》。書末有版權頁。

是書輯録王守仁與他人往來信件、書札共七十一篇。

是書爲民國十年（1921）上海文明書局石印《明清十大家尺牘》之一種。扉葉及書末版權頁題“中華民國十年七月初版”“發行兼印刷者 文明書局”。上海文明書局是 1902 年由廉泉、俞復等人創辦的出版機構。《明清十大家尺牘》包括王守仁、歸有光、姚鼐、錢謙益、顧炎武、方苞等諸多名人的往來尺牘、書劄。該套叢書在當時爲推動明清學術的傳播起到了重要作用。

王陽明年譜節本一卷傳習録節本一卷

56087（普通古籍）

《王陽明年譜節本》一卷《傳習録節本》一卷，陳築山輯。民國十六年（1927）中華平民教育促進總會鉛印本。1 册。半葉 10 行 25 字，白口，四周雙邊，單魚尾。版心上鎸“王陽明年譜傳習録節本”，中鎸葉次，下鎸“修養集第一種”。

是書未標卷次，全書分爲兩部分，分别題爲“（一）年譜節録”“（二）傳習録節録”。未題著者。扉葉題“修養集第一種”“王陽明年譜傳習録節本”“中華平民教育促進總會印行”。書首有王陽明像，題“王陽明先生”。次民國十六年（1927）陳筑山《序》。次《目録》。書末爲版權頁。

陳築山（1884—1958）又名光燾，貴州貴陽人。曾留學日本早稻田大學、美國密歇根大學。與李大釗創辦進步刊物《晨鐘報》，後出任主編。曾任中國公學代理校長、北平法政大學校長，中華平民教育促進會重要人物，蜚聲世界的鄉村建設“定縣實驗”創辦人之一。1937 年 12 月至 1938 年 8 月，陳築山任貴州省政府委員、貴州省農村合作委員會委員長，1938 年至 1942 年任四川省政府委員、省政府秘書長，兼建設廳廳長。著有《哲學之故鄉》等多部著作。

是書《年譜節録》録王陽明“自生至卒五十七歲中最要言行”，《傳習録節録》録“心之本體”“心即理”“立志説”等九十六章。書中《傳習録》部分據日本雲井龍雄抄本節録，《年譜》部分爲陳筑山節録。陳筑山《序》云：“是書《傳習録》原爲日本維新時代之一奇士雲井龍雄之抄本，鉤元提要，早爲彼邦治王學者所稱許。兹將其東文解釋之處完全删去，僅存其抄録的原文，列爲第二編。《年譜》爲鄙人所節録，以非先窺陽明一生的經歷，則於《傳習録》中所記之學説，有難於探見本原之缺憾，特别列爲第一編。”雲井龍雄（1844—1871）本名小島守善，字居貞，號枕月，又稱湖海俠徒，日本山形縣米澤市人。信奉陽明學，强調堅韌不拔的精神，曾爲慶應四年（1868）的倒幕運動起草《討薩檄》，曾短暫擔任集議院議員，後因收留脱藩者和舊幕臣被視爲顛覆政府被處死。

此爲中華平民教育促進會爲提高會員修養所輯《修養集》之第一種。陳筑山《序》述其緣起云：“於是有修養會之設，在職務倥偬之中，鼓衆人之餘力，考究中外聖哲嘉言懿行，節録其主要者，編纂成集，非有著作之目的，專爲心田之灌溉。”由中華平民教育促進總會印行，書末版權頁題“民國十六年十二月印刷”“民國十七年一月發行”，“編輯者陳筑山”，“發行者中華平民教育促進總會”。

王陽明集一卷

7858（善本）

《王陽明集》一卷，明王守仁撰。明嘉靖隆慶間刻《盛明百家詩》本。1 册。半葉 10 行 21 字，白口，四周單邊，無魚尾。版心上鎸“王陽明集”，中鎸“卷全”，下鎸葉次。

卷端題“盛明百家詩”“王陽明集”，未題撰者。首有嘉靖乙丑（四十四年，1565）俞憲識語。

是書收録王陽明詩賦共一百十六篇（不含同名多篇之詩作三首），包括騷賦二篇、《歸越詩》二首、《獄中詩》三首、《赴謫詩》二十三首、《居夷詩》三十六首、《京師詩》一首、《滁州詩》九首、《南都詩》七首、《贛州詩》五首、《江西詩》二十首、《居越詩》五首、《兩廣詩》三首。

是書爲俞憲所輯《盛明百家詩》中之《王陽明集》。俞憲歷時多年編成《盛明百家詩》，分爲前、後二編，共收録明初至明中葉詩人三百多家，仿唐殷璠《河嶽英靈集》體例，每人集前冠以小序，簡述著者及其詩歌。《四庫全書總目》述其編選宗旨云："其學沿七子之餘波，未免好收摹仿古調、填綴膚詞之作。又務以標榜聲氣爲宗，不以鑒别篇章爲事，故略於明初而詳於同時。"

輯者俞憲（1508—1572）字汝成，無錫（今屬江蘇）人，嘉靖十七年（1538）進士，除刑部侍郎，出爲紹興同知，官至湖廣按察使，有政績。據集前俞憲識語，俞憲於王陽明卒後二十年治紹興時，“先生子正憲嘗以詩文墨迹遺予”，此“詩文墨迹”當爲作爲禮物相贈的陽明手迹；識語又提到“所著有《陽明文録》二十四卷行世”，這一當時流傳的刻本更有可能是俞憲編輯陽明詩歌的依據，而此“《陽明文録》二十四卷”應指嘉靖時刊刻的《陽明先生文録》五卷《外集》九卷《别録》十卷。

《中國古籍善本書目》集部16591、16592著録國家圖書館、上海圖書館、南京圖書館等藏明嘉靖隆慶間刻《盛明百家詩》。

王陽明稿一卷

2942（善本）

《王陽明稿》一卷，明王守仁撰，清陳名夏輯。明末陳氏石雲居刻《國朝大家制義》本。1册。半葉9行27字，白口，四周單邊。版心上鎸“弘治己未”，中鎸篇名及“王陽明稿”，下鎸“石雲居”。

卷端題“王陽明稿”，又“固城陳名夏百史手定”。扉葉題“弘治己未”“陽明先生文”“第四部”，鎸印“國朝大家”“浦泉堂”。書首有未署年陳名夏《王陽明先生制義序》，次《王陽明先生文目》。

陳名夏（1601—1654）字百史，江南溧陽人，崇禎十六年（1643）進士，官翰林修撰。明末之際，先投靠李自成後又降清。清順治二年（1645）官復原職，纍官秘書院大學士。順治十一年（1654）因涉多爾衮謀逆事，被彈劾誅殺。著有《石雲居士集》《石雲居士詩》。《清史稿》列傳三十二有傳。

是書收王守仁參加科舉考試的制義文章。分《大學》《中庸》《論語》和《孟子》四部分，有《彼爲善之》《詩云鳶飛》《舜其大孝也》《居則不吾以》《子擊磬於衛》《子曰志士仁》《河東凶亦然》《老吾老以及》《其爲氣也至》《子噲不得與》《周公之過否》等制義之文十一篇。

據書首序言及版心，知此書爲明末陳氏石雲居刻《國朝大家制義》本。《國朝大家制義》爲陳名夏於崇禎年間編纂的科場八股文選，共録明代四十二位學人科舉之文，其所録之文或附有陳氏品評之語。本書所載爲弘治十二年（1499）王守仁科場所作，所録之文俱不見於《王文成公全書》。蓋《全書》所收之文爲陽明入仕之後所作，多爲晚年學術之定論，而早年所論之文多不録。是書所收雖爲王守仁早年科場應試之作，但亦有闡發心性之言，其論事議政亦頗凌厲。陳名夏評論曰："先生文原本韓歐，此等作變爲勁體，亦非他人可擬。"是書所收闡發《論語》《孟子》之篇章可作爲王陽明研究的補充，觀其學術思想之變化。

《中國古籍善本總目》集部 16616 著録明末陳氏石雲居刻《國朝大家制義》四十二卷，國家圖書館收藏。

王陽明稿不分卷

91851（普通古籍）

《王陽明稿》不分卷，明王守仁撰、清俞長城輯。清康熙可儀堂刻《可儀堂一百二十名家制義》令德堂印本。1册。半葉9行26字，白口，四周單邊，無魚尾，行間夾注評釋、圈點。版心上鎸“名家制義”，中題“卷之六”、制義所據原典、“弘治己未”，下鎸葉次。

卷端未題書名，題名據扉葉；首篇“所謂大臣”篇名下題“王守仁”。扉葉正題“桐川俞長城論次”，背題“王陽明稿”。書首有未署年俞長城《題王陽明稿》；次《名家制義目録》，爲《王陽明稿》目録，題“桐川俞長城論次”。

俞長城（生卒年不详）字寧世，桐鄉（今屬浙江）人，康熙二十四年（1685）進士，以庶吉士授檢討，後告歸，寓館揚州時選輯《百二十名家制義》。著《可儀堂文集》《俞寧世文集》《花甲數譜》等。

是書共收王陽明制義文章十三篇，題目皆出自《四書》。目録題篇名爲:《所謂大臣（一節）》《齋明盛服（三句）》《禹思天下（四句）》《彼爲善之、詩云鳶飛（察也）》《舜其大孝（一節）》《子擊磬於衛、志士仁人（一節）》《河東凶亦然》《老吾老以（四海）》《其爲氣也（二句）》《子噲不得（子噲）》《周公之過（二句）》。每篇於行間圈點、隨文評釋，篇末爲時人點評。

《可儀堂一百二十名家制義》精選宋至明清時期約一百二十人之制義文章，以時代爲次。宋代録王安石、蘇轍等七人;明代爲主體，録九十餘人;清代録順治、康熙兩朝近二十人。

《王陽明稿》中前三篇見於《山東鄉試録》，但《王文成公全書》繫其年於弘治甲子（十七年，1504）；後十篇未見於王陽明諸集，不知所出。《可儀堂一百二十名家制義》初爲康熙三十八年可儀堂刻，此爲令德堂印本。

《中國古籍善本書目》集19056著録康熙三十八年可儀堂刻《可儀堂一百二十名家制義》，北京大學圖書館、清華大學圖書館收藏。

王陽明稿不分卷

35970（普通古籍）

《王陽明稿》不分卷，明王守仁撰、清俞長城輯。清乾隆三年（1738）文盛堂、懷德堂刻《可儀堂一百二十名家制義》本。1册。半葉9行26字，白口，四周單邊，無魚尾，行間夾注評釋、圈點。版心上鎸“名家制義”，中題“卷之六”、制義所據原典、“弘治己未”，下鎸葉次及“可儀堂”。

卷端未題書名，題名據扉葉；首篇“所謂大臣”篇名下題“王守仁”。《可儀堂一百二十名家制義》總扉葉題“乾隆戊午年重鎸”，戊午爲乾隆三年；此本扉葉題“王陽明稿”。書首有未署年俞長城《題王陽明稿》；次《名家制義目録》，爲《王陽明稿》目録，題“桐川俞長城論次”。

此乾隆三年文盛堂與懷德堂書坊合印《可儀堂一百二十名家制義》，選録篇章與康熙刻令德堂印本《可儀堂一百二十名家制義》相同。此《王陽明稿》較國圖所藏康熙刻令德堂印本，版心有“可儀堂”字樣，而其版式、字劃相似，當據康熙本修版重印。

《中國古籍總目》集部60345336著録乾隆三年文盛堂、懷德堂刻《可儀堂一百二十名家制義》，20207524著録是刻《王陽明稿》零本。

王陽明先生集不分卷

14399（普通古籍）

《王陽明先生集》不分卷，明王守仁撰、清范鄗鼎彙編。清康熙洪洞范鄗鼎五經堂刻道光五年（1825）洪洞張恢重修《廣理學備考》本。1册。半葉9行25字，小字雙行同，白口，四周雙邊，無魚尾。版心上鎸“廣理學備考”，中鎸“王陽明先生”、葉次，下鎸“五經堂彙編”。

卷端題“廣理學備考”，著者題“洪洞范鄗鼎彙編”“受業翼城吕元音、男翼參閲”，書名題“王先生集”。書首冠以王陽明小傳；次未署年范鄗鼎識語。

范鄗鼎（1626—1705）字漢銘，號彪西，學者稱婁山先生，山西洪洞人。康熙六年（1667）進士，以母老奏請終養，建五經書院、希賢書院講學，以振興三晋儒學爲志，輯《明儒理學備考》《廣明儒理學備考》《國朝理學備考》等，門人私謚文介先生。所著序記、書劄、傳狀等輯爲《五經堂文集》。

是書選收《傳習録》及陽明詩文。先録徐愛、錢德洪等人語録共四十一條，選自《王文成公全書》中的《傳習録》卷上、卷下部分；次録序、記、奏疏等文三十篇，又詩十八首。

《廣理學備考》全稱《廣明儒理學備考》。范鄗鼎彙編明代理學諸儒傳記，以人存學，成《明儒理學備考》，又彙輯諸家語録、詩文，以言見人，成《廣明儒理學備考》，二書相得益彰。《廣明儒理學備考》康熙二十三年（1684）撰爲初編，經二十七年（1688）、三十一年（1692）、三十三年（1694）幾次增訂，成四十八卷。道光年間，張恢重修再刻，此《王陽明先生集》爲其中一種。

王陽明文選二卷

91606（普通古籍）

《王陽明文選》二卷，明王守仁撰、清劉肇虞輯。清乾隆二十九年（1764）刻《元明八大家古文選》本。1 册。半葉 10 行 21 字，下黑口，四周雙邊，單魚尾，行間鎸圈點、評注。版心上鎸“王文”，中鎸卷次、文類、葉次。

卷端題“元明八大家古文卷之四”，又“明王陽明先生著”“宜黄劉肇虞唐德選評”。扉葉題“王文”。書首有未署年劉肇虞《王陽明文選引》；次《元明八大家古文目録》。

劉肇虞（生卒年不詳）字誠齋，清宜黄（今江西撫州）人。乾隆四十八年（1783）舉人，任雩都訓導，曾輯《元明八大家古文選》。

是書兩卷，其一收奏疏、序十一篇；其二收序、記、書、説、題跋、墓表、祭文共三十五篇。與《王文成公全書》相較，部分篇章有節略。

《元明八大家古文選》共十三卷，收虞集、揭奚斯、楊士奇、王陽明、歸有光、唐順之、王慎中、艾南英八家古文。書首有乾隆二十九年劉肇虞《元明八大家古文選總序》，述劉肇虞輯評事。《王陽明文選》二卷爲《元明八大家古文選》之卷四、卷五。

《中國古籍總目》集部 60341808 著録國家圖書館、上海圖書館、南京圖書館收藏清乾隆二十九年刻《元明八大家古文選》。

王陽明文集一卷

T4449（善本）

《王陽明文集》一卷，明王守仁撰、清石韞玉選。清道光八年（1828）刻《明八家文選》本。1 册。半葉 10 行 25 字，白口，左右雙邊，白魚尾，行間鎸圈點。版心上鎸“王陽明文集”，下鎸葉次。

卷端題“王陽明文集”，題“吴郡石韞玉選”；首篇篇名下題“王守仁”。《明八家文選》總扉葉題“明八家文選”。書首有《明史本傳》；次《王陽明文集目録》，題“餘姚王守仁伯安著”“吴郡石韞玉選”。

石韞玉（1756—1837）字執如，一字琢如，號琢堂，又號竹堂、紅心詞客、獨學老人、花韻庵主人，江蘇吴縣（今屬蘇州）人。乾隆五十五年（1790）進士第一，授修撰，充福建鄉試正考官，湖南學政，入直上書房，出爲重慶知府、山東按察使等，嘉慶十二年（1807）被劾，乞病歸里，主講紫陽書院、尊敬書院。善詩文戲曲，通琴棋書畫篆刻，著《獨學廬詩文稿》、雜劇集《花間九奏》，纂修《蘇州府志》。《清史列傳》卷七十二有傳。

清石韞玉選輯劉基、唐順之、宋濂、歸有光、方孝孺、王守仁、王鏊、高啓等八位明人文章成《明八家文選》。此《王陽明文集》爲其中之一，收奏疏三篇、書五篇、記三篇、序四篇、墓誌三篇，共計文十八篇。

王陽明先生文選七卷

80817（普通古籍）

《王陽明先生文選》七卷，明王守仁撰、（清）李祖陶輯評。清道光二十五年（1845）刻《金元明八大家文選》本。3 册。半葉 9 行 25 字，白口，四周雙邊，單魚尾，行間鎸圈點、評注。版心上鎸“明文選”，中鎸卷次、“陽明”，下鎸葉次。

卷端題“王陽明先生文選卷一”，題“後學上高李祖陶邁堂評點，萬安職員嚴詳涵思校刊”。扉葉題“道光乙巳年新鎸”“王陽明文選”“上高李祖陶評點”“萬安嚴詳授梓”，乙巳爲道光二十五年。書首有《王陽明先生文選目録》;《目録》末有未署年李祖陶叙録。

李祖陶（1775—1858）字邁堂，一字欽之，江西上高（今屬宜春）人。嘉慶十三年（1808）舉人，九次會試未中，絶意仕進，以著述爲事，著有《邁堂文略》《史論》《詩存》，輯《國朝文録》《金元明八大家文選》等。

是書卷首爲《明史本傳》。卷一至四爲奏疏十七篇；卷五爲序、記十八篇；卷六爲書、説、書卷、跋、書事等共十八篇;卷七爲表、誌文、公移等共十五篇。是書目録列六十九篇，其中卷五《贈周瑩歸省序》、卷六《與人論朱陸異同》二篇有目無文；而正文較目録多出卷七《節庵方公墓表（乙酉）》一篇。實際篇數如李祖陶叙録所云爲六十八篇。

是書爲清道光二十五年刻《金元明八大家文選》本，扉葉題“道光乙巳年新鎸”，又題“萬安嚴詳授梓”。李祖陶踵武茅坤《唐宋八大家文鈔》之選文標準，編選金元明三代之元好問、姚燧、吴澄、虞集、宋濂、王守仁、唐順之、歸有光等八人文章，并加以評點，成《金元明八大家文選》。

李祖陶主要依據張問達所輯《王陽明先生文鈔》再次編選成此書。目録末李祖陶叙録云："右録王陽明先生文六十八首，編次照江都張問達本。首奏疏、次序記、次書、次雜文、次公移，共爲七卷。"又云："按先生原集，爲文成合書，首語録、次文録、次别録，别録者，奏疏也。張本於奏疏删節大甚，予據俞本録之，而《陽明全書》竟未得見，爲有憾云。"張問達所輯《王陽明先生文鈔》爲二十卷，按語録、奏疏、序記、書説、祭文、公移等體類編次，張問達輯本刻於清康熙年間。李祖陶再輯時加以評點，文中行間夾注短評，又於篇末疏通文意、品評章法。

《中國古籍總目》集部60341807著録國家圖書館、上海圖書館、南京圖書館、遼寧省圖書館收藏清道光二十五年刻《金元明八大家文選》。

王陽明集節録一卷

9202（普通古籍）

《王陽明集節録》一卷，明王守仁撰、（清）陳溥節録評注。清光緒八至九年（1882—1883）邛州伍肇齡刻《陳氏叢書》本。1 册。半葉 7 行 20 字，小字雙行同，白口，四周雙邊，單魚尾，行間有圈點，書眉書脚鎸評語。版心上鎸“王陽明集節録”，下鎸葉次。

卷端題“王陽明集節録”，此處“王陽明”三字下有雙行小字王陽明小傳，接“集節録”三字。

陳溥（生卒年不詳）字稻孫，號廣敷，清新城（今屬江西贛州）人，主要活動於嘉慶、道光年間。少棄科舉，游歷閩楚黔蜀二十餘年，沉潛理學、折衷六經，以修身爲本。著《性修論》《涵詠篇》等，編次評注《王陽明集》《陸象山集》《朱子集》等，又評點詩古文詞十餘種。生平參《[同治]建昌府志·人物志》卷八。

此爲清光緒八至九年邛州伍肇齡刻《陳氏叢書》本之一。《陳氏叢書》共收書三十八種，除陳溥自撰《詩文鈔》《性修論》等，大多爲陳溥對六經、史書、詩文重加編選并評注之書。

是書摘編王陽明語録等共一百四十四條，多從《傳習録》《大學問》中摘録片段。每一條目先注明第幾條、説明此條主旨，文中小注則疏通文意、闡釋要點。此外，書眉評注多爲文字校正，書脚則爲文法評點。陳溥論朱子格致、陽明誠意，皆以修身爲本，故書中評釋，頗見陳溥治學之心得。

傳習則言一卷

4492（善本）

《傳習則言》一卷，明王守仁撰。明嘉靖三十三年（1554）鄭梓刻《明世學山》本。1册。半葉10行20字，細黑口，左右雙邊，單魚尾。版心上鎸“學山”，中鎸“傳習則言一卷”及葉次，下镌千字文號。

卷端題“傳習則言一卷”，又“餘姚王守仁伯安”。書衣題簽題“明世學山”。

是書輯録王守仁《傳習録》及《陽明先生則言》之語録二十條。其中《徐愛問文中子韓退之》《爱曰春秋經若無左傳亦恐難考》《問立志》《問世道日降太古時氣象如何復見》《問顔子没而圣學亡》《蔡希淵問聖人可學而至》《崇一問尋常意思多忙有事固忙無事亦忙何也》《陽明子曰爲學大病在好名》《種樹者必培其根》《蕭惠問生死之道》諸篇摘自《傳習録》。其餘十條語録摘自《陽明先生則言》。

此爲明嘉靖三十三年（1554）鄭梓刻《明世學山》本。鄭梓字伯良，常州人，生平仕履不詳。《傳習録》至嘉靖三十五年（1556）錢德洪增刻於崇正書院才成完本。而《陽明先生則言》則爲嘉靖十七年（1538）由薛侃、王畿編輯并刊刻成書。《明世學山》輯此書時，《陽明先生則言》刊行僅十餘年，而《傳習録》尚未成完本，此爲《傳習録》及《陽明先生則言》最早節選本。是書亦名《傳習録略》，所録之文俱爲王守仁闡發心性義理之篇，於原文略有删改。《四庫全書提要》云此書“不著編輯者名氏，取王守仁《傳習録》，删存大略，曹溶收入《學海類編》者”。後世《百陵學山》《學海類編》等叢書皆據《明世學山》本再輯。

《中國古籍善本書目》叢部47著録明嘉靖三十三年鄭梓刻本《明世學山》，國家圖書館有藏。

傳習則言一卷

9969（善本）

《傳習則言》一卷，明王守仁撰。明萬曆刻《百陵學山》本。1 册。半葉 10 行 20 字，細黑口，左右雙邊，單魚尾。版心上鎸“學山”，中鎸“傳習則言一卷”及葉次，下镌千字文號。

卷端題“傳習則言一卷”“餘姚王守仁伯安”。

是書輯録王守仁《傳習録》及《陽明先生則言》之語二十條。其中《徐愛問文中子韓退之》《爱曰春秋經若無左傳亦恐難考》《問立志》《問世道日降太古時氣象如何復見》《問顔子没而圣學亡》《蔡希淵問聖人可學而至》《崇一問尋常意思多忙有事固忙無事亦忙何也》《陽明子曰爲學大病在好名》《種樹者必培其根》《蕭惠問生死之道》諸篇摘自《傳習録》。其餘十條語録摘自《陽明先生則言》。

此爲萬曆《百陵學山》本，行款版式及字體與鄭梓刻《明世學山》本相同，疑用舊版重印。但對《明世學山》本錯訛有所校改，葉一行三“尹中子”改爲“文中子”，葉二行八“楊同子”改爲“陽明子”，葉二行十“我國”改爲“伐國”。

《中國古籍善本書目》叢部 49 著録明萬曆刻本《百陵學山》，國家圖書館、上海圖書館等收藏。

鈐“賁園書庫”，曾爲嚴遨收藏。嚴遨（1855—1918）原名祖馨，字德輿，更名嶽蓮，字雁峰，别號賁園，晚更名遨，陝西渭南人。師事王闓運，科舉不第，值清末時局動蕩，歸鄉經商，好藏書，築賁園書庫貯書萬種。

傳習則言一卷陽明先生保甲法一卷陽明先生鄉約法一卷

A02846（善本）

《傳習則言》一卷《陽明先生保甲法》一卷《陽明先生鄉約法》一卷，明王守仁撰。清道光十一年（1831）晁氏木活字印《學海類編》本。1 册。半葉 9 行 21 字，白口，左右雙邊，單魚尾。版心上鎸“學海類編”，中鎸“傳習則言”，下鎸葉次及類目。

卷端題“傳習則言”“明餘姚王守仁伯安著”。

是書《傳習則言》原屬《學海類編》“子類”，從《傳習録》及《陽明先生則言》輯録王守仁之語二十條。此《傳習則言》據《明世學山》《百陵學山》本輯録，文字無錯訛，每條語録頂格排版，觀覽明晰。《陽明先生保甲法》《陽明先生鄉約法》原屬《學海類編》“集餘二事功”。《陽明先生保甲法》爲王陽明任江西巡撫時，告諭地方父老子弟保衛地方之作，收《十家牌法告諭各府父老子弟》《十家牌式》《各家牌式》《案行各分巡道督編十家牌》《申行有司十家牌法》《申諭十家牌法》《申諭十家牌增立保長》諸篇。《陽明先生鄉約法》爲協和鄉民所設規約，有關彰善糾過、婚嫁喪葬、田地糾紛、寄莊、放債收息等十六條。《陽明先生保甲法》《鄉約法》二篇内容多出自王陽明治理地方各類公移文章。

《中國古籍善本書目》叢部 188 著録清道光十一年晁氏木活字印本《學海類編》，國家圖書館、上海圖書館有藏。

[王子]語録不分卷

T3094（善本）

《[王子]語録》不分卷，明王守仁撰。清康熙抄《讀書筆録》本。1冊。半葉9行20或24字，無欄格。

卷端題“語録”。卷首録文題“王子”。書首有康熙癸丑（十二年，1673）冬日孫奇逢《筆録弁言》。卷首有王子生平事迹一篇。

是書録王守仁語録四十七條，於原文有所删改。其所録之語多出自《傳習録》，節選之言多爲闡發義理之論。

是書爲馬爾楹讀書所輯，收入其《讀書筆録》之中。馬爾楹（生卒年不詳）字構斯，定興（今屬保定）人，史書無傳，爲孫奇逢門人。馬氏所撰《讀書筆録》輯録宋至清初以來一百三十名學者闡發心性義理之文章及語録，共輯文獻一百六十種。是書所録多爲王守仁與徐愛、陸澄及薛侃等弟子的答問之語，涉及内容亦不出王守仁心學之論。馬爾楹爲孫奇逢門人，亦是夏峰學派的代表人物，他輯録是書乃王守仁心學對夏峰學派學術影響之佐證。據序言及諱字知此爲清康熙抄本。此本爲黄紙，紙張略有殘損，墨色清晰，字體工整。

鈐“孫奇逢印”“啓心齋”；“爾楹”“構斯”等印，曾爲孫奇逢、馬爾楹收藏。孫奇逢（1584—1675）字啓泰，號鍾元，明末清初保定容城（今屬河北）人，萬曆二十八年（1600）舉人，入清不仕，其學原本陸王，兼採程朱。

傳習録鈔一卷

56562（普通古籍）

《傳習録鈔》一卷，明王守仁撰。日本昭和二年（1927）日本大阪積善館株式會社鉛印《漢文新選諸子鈔》本。1 册。半葉 10 行 21 字。半葉四周單邊，眉欄鐫小字注釋。字下有日文假名標記。

卷端題“傳習録鈔”，未題著者。書首有黑底《王陽明遺像》。次王陽明小傳。

是書摘録王陽明文字六則，分别出自《與王純甫（壬申）》《答友人（丙戌）》《與黄宗賢（丁亥）》《書中天閣勉諸生（乙酉）》《[答徐成之]二（壬午）》《教條示龍場諸生》（包括總説及《立志》《勤學》《改過》《責善》四篇），《客坐私祝（丁亥）》。文字多有節略。

此爲日本昭和二年（1927）日本大阪積善館株式會社鉛印《漢文新選諸子鈔》之一。《漢文新選諸子鈔》包括《言志録鈔》《傳習録鈔》《荀子鈔》《慎思録鈔》《宋儒語録鈔》《韓非子鈔》《孫子鈔》《列子鈔》等，簡要摘録原書文字而成。眉欄鐫小字，注釋音義。

大學古本旁釋一卷大學古本問一卷

9969（善本）

《大學古本旁釋》一卷《大學古本問》一卷，明王守仁撰。明萬曆刻《百陵學山》本。1 册。半葉 10 行 20 字，細黑口，左右雙邊，單魚尾。版心上鎸“學山”，中鎸卷名、葉次，下鎸千字文“天號”。

卷端題“大學古本”，題名據版心。著者據書末王文禄跋。書首有未署年王文禄《大學中庸古本幾先》。末有未署年王文禄跋。

正文首有正德戊寅（十三年，1518）王守仁《大學古本序》；次《大學古本旁釋》一卷；次《大學古本問》一卷。末附“答羅整庵少宰書”一條，叙王陽明駁内外之分。其中《大學古本旁釋》，爲明隆慶六年（1572）謝廷傑刻本《王文成公全書》所未收。

是書“答羅整庵少宰書”一條，爲王文録重梓時所附。王跋云：“嘉靖丁亥（六年，1527）秋，先康毅君率禄渡江，扣陽明洞天。聞王龍溪先生講《大學》，得《古本旁釋》，止前序。後增四問答。禄今重梓，增答格物問。”

《中國古籍善本書目》叢部 49 著録明萬曆刻本《百陵學山》，國家圖書館等四家收藏。

征藩功次一卷

10402（普通古籍）

《征藩功次》一卷，明王守仁撰。清順治李際期刻清重修《説郛》本。1 册。半葉 9 行 20 字，白口，左右雙邊，白魚尾。版心上鎸“征藩功次”，下鎸葉次。

卷端題“征藩功次”“餘姚王守仁”。

此爲平定宸濠之亂後，王陽明奉旨上報參與征剿防守人員的所獲功勞等次的公文。《王文成公全書》收於卷三十一“征藩公移”内，題爲《開報征藩功次贓仗咨》（正德十五年三月初四日）。

正德十四年（1519）六月十四日，寧王朱宸濠在南昌興兵，略九江、破南康，出江西、攻安慶，欲取南京。時任贛南巡撫的王陽明正在去福建平定叛亂的途中，行至江西聞變，舉兵勤王。於七月二十日攻克南昌，二十四至二十六日王陽明率兵與寧王軍隊激戰三日，擒獲朱宸濠及其部屬。

王陽明在上報征剿軍民功勞時，以爲平叛爲衆人協謀合力之事，“難以分别奇功、頭功、次功等項名目，止於造册内開寫某人擒斬某賊首、某賊從，重輕多寡，據實雜册，中間等第，亦自可見。”

是書收入《説郛》弓九。

大學古本旁注一卷

37618（普通古籍）

《大學古本旁注》一卷，明王守仁注。清乾隆綿州李調元刻《函海》本。1冊。半葉10行20字，白口，四周雙邊，單魚尾（首葉無），行間夾注。版心上鎸"大學古本旁注"，下鎸葉次。

卷端題"大學古本旁注"，又"漢戴聖撰""明王守仁注"。扉葉題"大學古本"。書首有未署年王守仁《序》；次《大學古本旁注附録》；次未署年李調元《序》。

《大學》原爲《禮記》之一章，漢代鄭玄爲之作注、唐代孔穎達爲之作疏。宋代程頤、程顥推崇《大學》，并擴充其内容；朱熹將之與《論語》《孟子》《中庸》并列，尊爲《四書》之首，又以經傳增補格物致知之義。明代科舉以朱熹《四書章句》爲宗，而王陽明則尊信未經宋儒增飾的"古本"，取鄭注、孔疏而加以旁釋，成《大學古本旁注》一書。《附録》載錢德洪、鄭曉、羅汝芳、宋犖等人評説，及李調元識語。

是書爲王陽明疑朱熹《四書集注》，而據鄭玄、孔穎達注疏之《大學》古本，以心學中的"誠意""良知"重加闡釋之作。《附録》中錢德洪述王陽明撰此書緣起云："先生在龍場時，疑朱子《大學章句》非聖門本旨，手録古本，伏讀精思，始信聖人之學本簡易明白。其書止爲一篇，原無經傳之分，格致本於誠意，原無闕傳可補。以誠意爲主而爲致知格物之功，故不必增一敬字，以良知指示至善之本體，故不必假於見聞。書成，旁爲之釋，而引以序。"

此爲清乾隆綿州李調元刻《函海》本。李調元（1734—1802）字雨村，號墨莊，綿州（今四川綿陽）人。乾隆二十八年（1763）進士，由廣東學政監司畿輔，官至潼商道。李調元利用家中藏書，并抄録内府藏書，輯成《函海》共四十函，一至十函收晋至明未刊之書，十一至十六函專刻楊慎未刊書，十七至二十四函收各家罕見之書，二十五至四十函主要收李調元自纂之作。王陽明《大學古本旁注》收於《函海》第十九函。

陽明理學集三卷

國家圖書館 16129:4

《陽明理學集》三卷，明王守仁撰，周學熙輯。民國二十一年（1932）至德周氏師古堂刻《古訓粹編》本。1 册。半葉 11 行 25 字，黑口，左右雙邊，單魚尾。版心上鎸“陽明理學集”，中鎸“傳習録”及篇次，下鎸葉次。

卷端題“陽明理學集”，次行題“王守仁語”“門人記”“後學周學熙節録”。

周學熙（1866—1947）字緝之，號止庵，安徽至德（今安徽東至縣）人，光緒二十年（1894）舉人，中國近代著名實業家。1900 年任山東候補道員，入袁世凱幕下，至天津主持北洋實業，後創辦啓新洋灰公司、灤州煤礦公司、京師自來水公司、紗廠，又辦中國實業銀行，曾任財政部長。周學熙經營實業與張謇齊名，有“南張北周”之稱。

是書節録《傳習録》，三卷相當於《王文成公全書》之《傳習録》的卷上、中、下，然所録文字有所删减。

是書爲周學熙師古堂刻《古訓粹編》之一種。師古堂是 1926 年周學熙於天津創建的家族學堂，他親自制定課程標準和規章制度，延師教習子弟詩詞、文學、習字等。1930 年，周學熙又在北京成立師古堂刻書局，所刻圖書均爲家族子弟所用。《古訓粹編》就是此時編刻的國學學習叢書。此《陽明理學集》爲周學熙編輯、刻印。

陽明先生年譜三卷

2691（善本）

《陽明先生年譜》三卷，明錢德洪撰。明嘉靖四十三年（1564）周相、毛汝麒刻本。4 册。半葉 9 行 18 字，小字雙行同，白口，左右雙邊，單魚尾。版心上鎸“陽明先生年譜”，中鎸卷次、葉次，下鎸刻工，間有寫工。

卷端題“陽明先生年譜上卷”，次行“門人錢德洪編次，後學羅洪先考訂”。書首有嘉靖四十三年周相《刻陽明先生年譜引》，次嘉靖四十二年（1563）胡松《刻陽明先生年譜序》、羅洪先《陽明先生年譜考訂序》。書末有嘉靖四十二年陸穩《陽明王公年譜跋》。

錢德洪（1496—1574）參見《傳習録》三卷《續録》二卷（13300）。

是書先述守仁字號、世系。繼叙其出生至卒後次年喪葬之事，分年編輯。各提其要爲綱，詳載其事爲目，奏疏、信札、詩文等擇要採入。無事之年則略。卷上至正德十二年（1517），王陽明年四十六；卷中至嘉靖三年（1524），王陽明年五十三。因由受業弟子所編，凡世所語奇事不載，而於先生之學，前後悟入，語次猶詳。

是書始謀於薛侃，總裁於鄒守益。顧三紀未就，同志日且凋落，錢德洪完成陽明生至謫龍場之間文稿後，又應鄒守益之請，續寫年譜。嘉靖四十二年，《譜》成，時鄒守益已卒，德洪以稿就正於羅洪先。羅洪先删繁舉要，補其闕軼，潤飾是正，囑陸穩刻梓。陸穩《跋》云：“以有留都新命，未及親董其事，轉屬郡佐毛汝麒終之。”又周相《刻陽明先生年譜引》云：“胡松檄贛州，佐毛汝麒刻之。未登梓，柏泉以少司馬召，不俟駕行，囑相促之。”據二序，知是書爲周相、毛汝麒刊刻。

此本刻工有：徐昇、劉凰、肖韶、徐三、李葵、湛、言、月、昌、明、禾、八、召等。寫工：鄧班。

《中國古籍善本書目》史部5640著録，國家圖書館等四家收藏。

鈐“黟山李氏藏書”“芸樓”。

陽明先生年譜一卷

15883（善本）

《陽明先生年譜》一卷，明李贄撰。明萬曆三十七年（1609）武林繼錦堂刻《陽明先生道學鈔》本。2册。半葉9行18字，白口，無直格，四周單邊，單魚尾，行間鎸圈點。版心上鎸“年譜”，中鎸卷次、葉次，下鎸字數。

卷端題“陽明先生年譜卷之上”。著者據《陽明先生年譜後語》。書末有未署年李贄《陽明先生年譜後語》（缺末葉）。

李贄（1527—1602）參見《陽明先生道學鈔》（14209）。

是書按年編次。卷上載陽明先生字號、世系，及成化八年（1472）生至正德十六年（1521）年五十之事。卷下首叙陽明嘉靖元年（1522）年五十一至七年（1528）卒之事；又述次年喪葬至隆慶二年（1568）子正億襲伯爵間要事。次爲《年譜後録》，收刑部主事陸澄《辨忠讒以定國是疏》、光禄寺少卿黄綰《明軍功以勵忠勤疏》、霍韜《地方疏》，錢、王諸及門等搜録之《先生征濠反間遺事》；次《先生墓誌銘》《先生行狀節略》；次《年譜後人》，載嘉靖九至三十五年（1531—1556）後人建書院、祠堂等事。較明嘉靖四十三年周相、毛汝麒刻本《陽明先生年譜》三卷，是書多有節略，然增陽明卒後至隆慶二年相關事項及《年譜後録》，并增李贄評點。

此《年譜》實爲李贄所輯《陽明先生道學鈔》之卷八，卷分上、下，後人或因未見《陽明先生道學鈔》全帙，著録其中《年譜》爲明刻本二卷。李贄《後語》云“是春，予在濟上劉晋川公署，手編《陽明年譜》自適。黄與參見而好之，即命梓行以示同好，故予因復推本而并論之耳。”據李贄《陽明先生道學鈔序》，

“庚子”年（萬曆二十八年，1600）後，李贄隨劉東星（號晋川）至濟寧，《道學鈔》約於此時編成。此爲萬曆三十七年武林繼錦堂刻本。

《中國古籍善本書目》史部5642著録明刻本《陽明先生年譜》二卷，國家圖書館等四家收藏。

鈐“長樂鄭振鐸西諦藏書”“長樂鄭氏藏書之印”，曾爲鄭振鐸收藏。鄭振鐸（1898—1958）筆名西諦、C.T.、郭源新，福建長樂人。編輯《小説月報》《文學季刊》《民主》等進步刊物，組織文學研究會等，曾任燕京大學教授，新中國成立後歷任中國科學院考古研究所所長、文學研究所所長，文物局局長，文化部副部長等職。從事小説研究，致力於爲國家保存文獻。

二、碑帖

碑刻

禱雨題記

各地 1506（拓片）

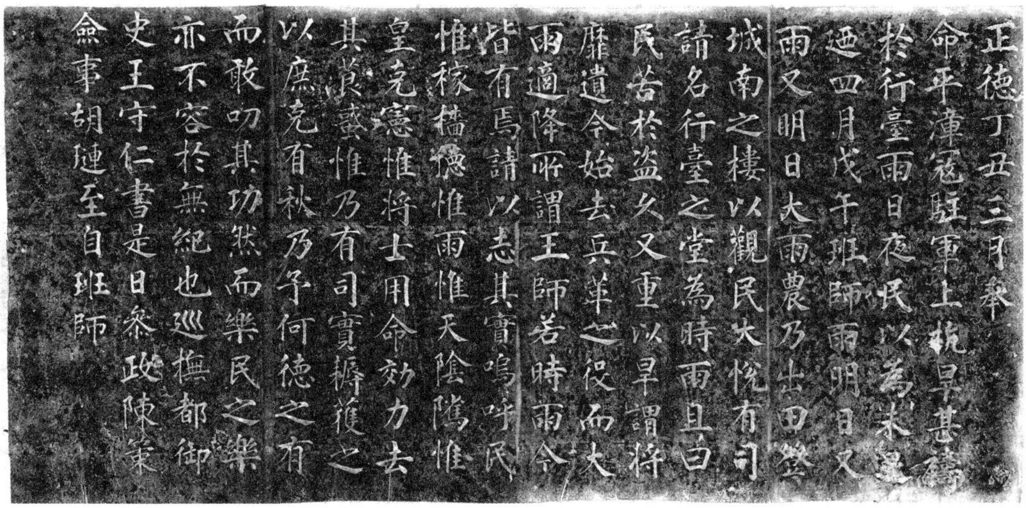

《禱雨題記》，明王守仁撰文并正書。明正德十二年（1517）四月，碑立於福建省上杭縣，記正德十二年王守仁奉命平亂，往返皆途經久旱的上杭，爲當地祈禱得雨奇事。

國家圖書館藏爲整幅本，1 張，高 120 厘米，寬 237 厘米，陸和九舊藏，有陸和九題簽。

釋文：

正德丁丑三月，奉命平漳寇，駐軍上杭。旱甚，禱於行臺，雨日夜，民以爲未足。乃四月戊午班師，雨，明日又雨，又明日大雨，農乃出田。登城南之樓以觀，民大悦。有司請名行臺之堂爲“時雨”，且曰:“民苦於盜久，又重以旱，謂將靡遺。今始去兵革之役，而大雨適降，所謂王師若時雨，今皆有焉，請以志其實。”嗚呼！民惟稼穡，德惟雨，惟天陰騭，惟皇克憲，惟將士用命效力，去其莨[làng]蜮[yù]，惟乃有司實耨[nòu]獲之，以庶克有秋乃。予何德之有，而敢叨其功？然而樂民之樂，亦不容於無紀也。巡撫都御史王守仁書。是日參政陳策、僉事胡璉至，自班師。

平瑶記

各地 3423（拓片）

《平瑶記》，明正德十二年（1517）王守仁撰文并正書。碑立於江西省崇義縣思順鄉西山界村桶岡小組，1997 年被江西省人民政府批準公布爲文物保護單位。此碑記述正德十二年十月王陽明率軍平定横水、桶岡等地瑶民起義的經過和功績，兩月之内，將贛南數十年匪患掃蕩無遺。桶岡之戰後王陽明屯兵茶寮，在此勒石紀功，故此碑亦名"平茶寮碑"。雖然戰功卓著，但王陽明最後説："兵惟凶器，不得已而後用。"尾刻題名，分兩種，上半字略小於碑文，下半字最小。

國家圖書館藏本爲早期淡墨拓整幅本，1 張，高 372 厘米，寬 183 厘米。

釋文：

正德丁丑，瑶寇大起，江、廣、湖、郴之間騷然且四三年，於是上命三省會征，乃十月辛亥，予督江西之兵自南康入，甲寅破横水、左溪諸巢，賊敗奔。庚辛復連戰，賊奔桶岡。十一月癸酉，攻桶岡，大戰西山界。甲戌又戰，賊大潰。丁亥，與湖兵合於上章，盡殪之。凡破巢大小八十有四，擒斬二千餘，俘三千六百有奇。釋其脅從千有餘衆，歸流亡，使復業。度地居民，鑿山開道，以夷險阻。辛丑師旋。於乎！兵惟凶器，不得已而後用。刻茶寮之石，匪以美成，重舉事也。提督軍務都御史王守仁書。

紀功御史屠僑，監軍副使楊璋，參議黄宏，領兵都指揮許清，守備郟文，知府邢珣、伍文定、季斅、唐淳，知縣王天與、張戩。

隨征指揮明德、馮翔、馮廷瑞、謝昶、余恩、姚璽，同知朱憲，推官徐文英、

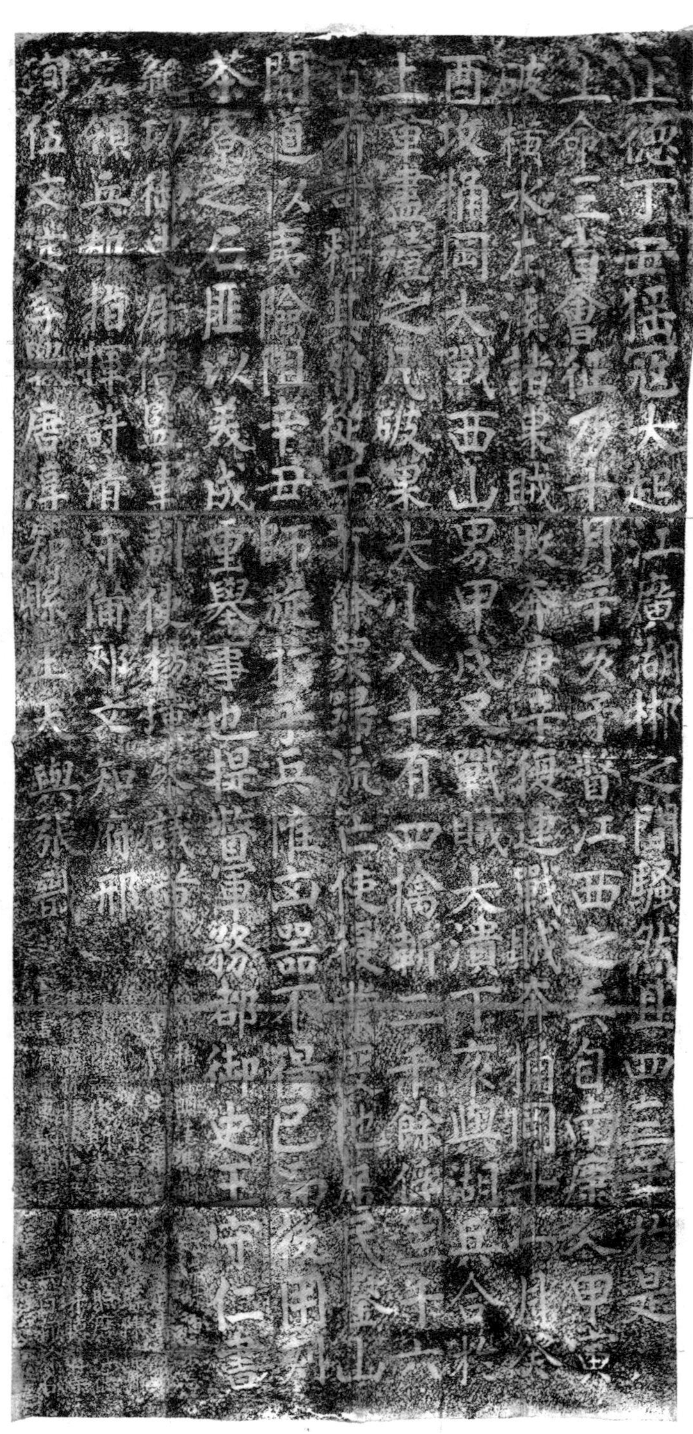

正德丁丑猺寇大起江廣湖郴之間騷然且四三年於是
上命三省會征乃十月辛亥予督江西之兵自南康入甲寅
破橫水左溪諸巢賊敗奔庚申復連戰賊奔桶岡十一月
癸酉攻桶岡大戰西山界甲戌又戰賊大潰丁亥與湖兵合於
上章盡殪之凡破巢大小八十有四擒斬二千餘俘三千六
百有奇釋其脅從千有餘衆歸流亡使復業度地居民鑿山
開道以夷險阻辛丑師旋於乎兵惟凶器不得已而後用刻
茶寮之石匪以美成重舉事也提督軍務都御史王守仁書
紀功御史屠僑監軍副使楊璋
領兵都指揮許清守備郴州知府邢珣
伍文定季斆唐淳知縣王天與張戩

危壽，知縣黃文 [鸑]，縣丞舒富，千百户高睿、陳偉、郭璘、林節、孟俊、斯泰、尹麟等，及照磨汪德進，經歷杭程，典史梁儀、張淳，并聽選等官雷濟、肖庚、郭詡、饒寶等，共百有餘名。

平定宸濠紀功記

各地 6078（拓片）

《平定宸濠紀功記》，明王守仁撰文并正書。記録王守仁平定寧王朱宸濠叛亂事，也記録了明正德皇帝所謂“親統六師臨討”的鬧劇。此碑爲明正德十五年（1520）正月三十日所書，刻於江西廬山原開先寺内讀書臺下石壁上。

國家圖書館藏本爲整幅本，拓爲四紙，每張三行，皆高 230 厘米，寬 60 厘米。原刻在正文之後列與王陽明一同征伐寧藩叛亂將領題名，此本失拓。

釋文：

正德己卯六月乙亥，寧藩宸濠以南昌叛，稱兵向闕。破南康、九江，攻安慶，遠近震動。七月辛亥，臣守仁以列郡之兵復南昌，宸濠還救，大戰鄱陽湖，丁巳宸濠擒，餘黨悉定。當是時，天子聞變赫怒，親統六師臨討，遂俘宸濠以歸。於赫皇威，神武不殺。如霆之震，靡擊而折。神器有歸，孰敢窺竊。天鑒於宸濠，式昭皇靈，嘉靖我邦國。

正德庚辰正月晦，都督軍務都御史王守仁書。從征官屬列於左方。

正德己卯六月乙亥寧藩宸濠以
南昌叛稱兵向闕破南康九江
攻安慶遠近震動七月辛亥臣守
仁以列郡之兵復南昌宸濠還救
大戰鄱陽湖丁巳宸濠擒餘黨悉
定當是時 天子聞變赫然親
統六師臨討遂俘宸濠以歸於赫
皇威神武不殺如霆之震靡擊而
折神器有歸孰敢窺竊天鑒於宸
濠式昭 皇靈嘉靖我邦國
正德庚辰正月晦提督軍務都御
史王守仁書從征官屬列于左方

題御帳詩

各地 7494（拓片）

《題御帳詩》，明王守仁撰五言律詩。首題："題御帳。"碑無年月，以其立於山東省泰安市，詩歌所寫爲登泰山所見，故此詩寫作時間當在明弘治十七年（1504）秋，王陽明主考山東鄉試，期間曾登泰山、謁孔廟。此詩或非當時所刻，未知何人正書。

國家圖書館藏本爲整幅本 1 張，高 37 厘米，寬 49 厘米。陸和九舊藏，有陸和九題簽。

釋文：

題御帳

危搆雲煙上，憑高一望空。斷碑存漢字，老樹襲秦封。路入天衢半，身當宇宙中。短詩殊草草，聊以紀吾蹤。

餘姚王守仁。

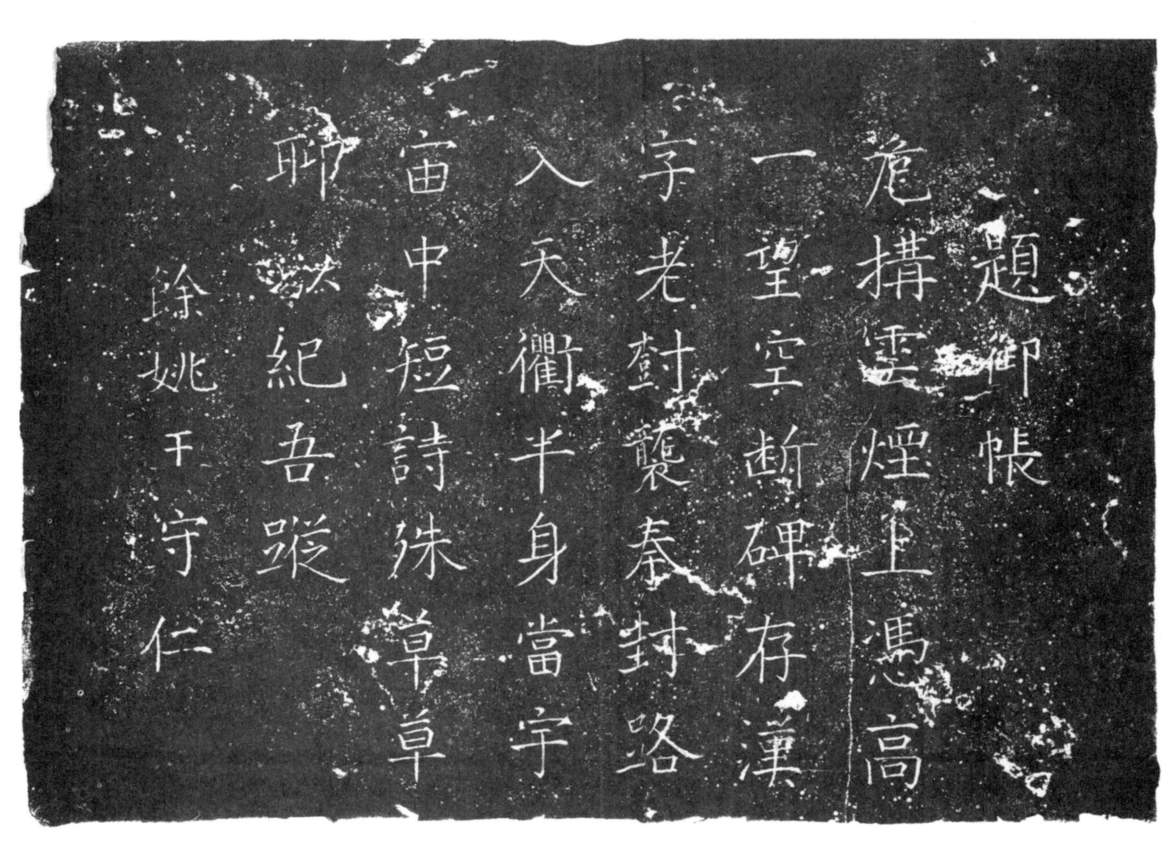
題御帳
危搆雲煙上憑高
一望空斷碑存漢
字老對襲秦封路
入天衢半身當宇
宙中短詩殊草草
聊紀吾蹤
餘姚王守仁

王守仁七律詩

各地 577（拓片）

《王守仁七律詩》，王守仁撰并行書。此詩作於明弘治十七年（1504）八月初五日。是年秋，王陽明主考山東鄉試，期間登泰山、謁孔廟，曾撰寫《山東鄉試録》，其假館濟南道時，書此詩於壁間。至嘉靖三十年（1551）十二月十五日，濟南郡守李安將此墨迹刻於石，碑立於山東省濟南市。尾有吴天壽正書跋。

國家圖書館藏本爲整幅本，1 張，高 220 厘米，寬 83 厘米。

釋文：

晚堂孤坐漫沉沉，數盡寒更落葉深。高棟月明對燕語，古階霜細或蟲吟。校評正恐非吾所，報答徒能盡此心。賴有勝游堪自解，秋風華嶽得高尋。

予謬以校文至此，假館濟南道，夜坐偶書壁間，兼呈道主袁先生請教。弘治甲子（1504）仲秋五日，餘姚王守仁書。

晚堂孤坐漫悠悠數盡寒更落葉深高
樓月明時燕語古階霜細或蟲吟校評正恐
小齋報答從能此心賴有棲遲堪自解秋風
平寂得高歌予從以校文來依張濟南夜坐
漫書壁間寄呈道主袁先生請教弘治甲子仲
秋五日餘姚王守仁書

陽明先生此作幾五十年筆精如新李中叢邵許澤二公與予相繼分巡濟南感愛而歎傳之一日郡
守李大夫子安東因與之言遂欣然鳩工勒石以垂不朽云嘉靖辛亥季冬望日後學吳天壽謹識

大伾山賦

各地 12450（拓片）

《大伾山賦》，明王守仁撰文并行書。明嘉靖四十二年（1563）春重刻。此賦是弘治十二年（1499）新科進士王守仁送濬縣名臣王越靈柩返鄉安葬時所作。後來，濬縣人爲紀念王守仁，將建於大伾山上的東山書院改爲陽明書院，并將《大伾山賦》和《大伾山詩》複製后立於書院中。

國家圖書館所藏此本爲明嘉靖四十二年宋岳重刻本，碑通高 263 厘米，寬 89 厘米，厚 27 厘米，正文 12 行，王守仁落款 1 行，尾刻明宋岳正書跋 4 行，立於陽明書院舊址（今禹王廟）殿前東側。此本整幅本，1 張，拓本高 192 厘米，寬 85 厘米。

釋文：

王子游於大伾之麓，二三子從焉。秋雨霽野，寒聲在松。經龍居之窈窕，升佛嶺之穹窿。天高而景下，木落而山空，感魯衛之故迹，吊長河之遺蹤；倚清秋而遠望，寄遐想於飛鴻。於是開觴雲石，灑酒危峰，高歌振於岩壑，餘響遞於悲風。二三子慨然太息曰："夫子之至於斯也，而僕右之乏，二三走偶獲供焉。茲山之長存，固夫子之名無窮也。而若走者，襲榮枯於朝菌，與蟪蛄而始終。吁嗟乎！亦何怪於牛山、峴首之沾胸。"王子曰："嘻！二三子尚未喻於向之所與尔感歎而吊悲者乎？當魯衛之會於茲也，車馬玉帛之繁，衣冠文物之盛，其獨百倍於吾儕之聚於斯而已耶！而其囿於麋鹿，宅於狐狸也，既已不待今日而知矣，是固盛衰之［必］然尔。尚未睹夫長河之决龍門下砥柱以放於茲土乎，吞山吐壑，奔濤萬里，固千古之經瀆也，而且平爲禾黍之野，崇爲邑井之墟。吁嗟乎！流者而有湮，峙者豈能無夷！則斯山之不蕩爲沙塵而化爲煙霧者幾稀矣！況吾與子，集露草而隨風葉，曾木石之不可期，奈何忌其飄忽之質，而欲較久暫於錙銖者哉！吾姑與子達觀於宇宙可乎？”二三子曰：“何如？”王子曰：“山河之在天地也，不猶毛髮之在吾軀乎？千載之於一元也，不猶一日之於須臾乎？然則久暫奚容於定執，而小大未可以一隅也，而吾與子固將齊千載於喘息，等山河於一芥，遨游八極之表，而往來造物之外，彼人事之倏然，又烏足爲吾人之芥蒂者乎！”二三子喜，乃復飲。已而夕陽入於西壁，童僕候於岩阿。忽有歌聲自谷而出，曰：“高山夷兮，深谷嵯峨。將胼胝是師兮，胡爲乎蹉跎。悔可追兮，遑恤其他。”王子曰：“夫歌爲吾也。”盖急起而從之，其人已入於煙蘿矣。

大明弘治己未重陽，余姚王守仁伯安賦并書。

大伾山賦

各地 20026（拓片）

《大伾山賦》，明王守仁撰文并行書。明隆慶二年（1568）重刻。此賦是弘治十二年（1499）新科進士王守仁送濬縣名臣王越靈柩返鄉安葬時所作。後來，濬縣人爲紀念王守仁，將建於大伾山上的東山書院改爲陽明書院，并將《大伾山賦》和《大伾山詩》複製后立於書院中。

國家圖書館所藏此本爲明隆慶二年（1568）張櫝重刻本，碑通高 260 厘米，寬 110 厘米，厚 40 厘米，首題 1 行，正文 12 行，尾刻明張櫝正書跋 3 行，立於陽明書院舊址（今禹王廟）中軍亭西側。此本爲 2004 年拓整幅本，1 張，拓本高 190 厘米，寬 89 厘米。漫漶不能卒讀。

釋文：

游大伾賦

王子游於大伾之麓，二三子從焉。秋雨霽野，寒聲在松。經龍居之窈窕，升佛嶺之穹窿。天高而景下，木落而山空，感魯衛之故迹，吊長河之遺蹤；倚清秋而遠望，寄遐想於飛鴻。於是開觴雲石，灑酒危峰，高歌振於岩壑，餘響遞於悲風。二三子慨然太息曰："夫子之至於斯也，而僕右之乏，二三走偶獲供焉。茲山之長存，固夫子之名無窮也。而若走者，襲榮枯於朝菌，與蟪蛄而始終。吁嗟乎！亦何怪於牛山、峴首之沾胸。"王子曰："嘻！二三子尚未喻於向之所與尔感歎而吊悲者乎？當魯衛之會於茲也，車馬玉帛之繁，衣冠文物之盛，其獨百倍於吾儕之聚於斯而已耶！而其囿於麋鹿，宅於狐狸也，既已不待今日而知矣，是固盛衰之必然尔。尚未睹夫長河之決龍門、下砥柱以放於茲土乎，吞山吐壑，奔濤萬里，固千古之經瀆也，而且平爲禾黍之野，崇爲邑井之墟。吁嗟乎！流者而有湮，峙者豈能無夷！則斯山之不蕩爲沙塵而化爲煙霧者幾稀矣！況吾與子，集露草而隨風葉，曾木石之不可期，奈何忌其飄忽之質，而欲較久暫於錙銖者哉！吾姑與子達觀於宇宙可乎？”二三子曰：“何如？”王子曰：“山河之在天地也，不猶毛髮之在吾軀乎？千載之於一元也，不猶一日之於須臾乎？然則久暫奚容於定執，而小大未可以一隅也，而吾與子固將齊千載於喘息，等山河於一芥，遨游八極之表，而往來造物之外，彼人事之倏然，又烏足爲吾人之芥蔕者乎！”二三子喜，乃復飲。已而夕陽入於西壁，童僕候於岩阿。忽有歌聲自谷而出，曰：“高山夷兮，深谷嵯峨。將胼胝是師兮，胡爲乎蹉跎。悔可追兮，遑恤其他。”王子曰：“夫歌爲吾也。”盖急起而從之，其人已入於煙蘿矣。

王守仁像

畫像 141（拓片）

《王守仁像》，黄彭年清咸豐六年（1856）二月初九日撰記，額篆書横題："王陽明先生朝服大像。"此像爲王守仁官服標準像，其衣服冠帶及所佩飾物等皆爲明制，且合其身份地位。據黄彭年記，此本以張百齡、敖薌坪遞藏王守仁畫像爲底本刻石，黄記中詳細介紹了此像由來及王守仁服飾冠帶的顔色和品質等，從此像可見明代官服制度。

國家圖書館藏本爲整幅本，1 張，高 192 厘米，寬 143 厘米，此本額失拓。1962 年 3 月 16 日登記入藏。

客座私祝

各地 3155（拓片）

《客座私祝》，明王守仁撰文并行書。嘉靖三年（1524），王陽明受稷山書院之邀講學，次年，在紹興創建陽明書院，傳播王學。嘉靖六年（1527）王陽明奉命平叛，八月，他爲弟子們寫下了《客座私祝》後去兩廣上任，嘉靖七年，平叛後的王陽明不幸病逝於歸途，此文遂成绝唱，爲歷代學者所推重。

國家圖書館藏此本是清咸豐七年（1857）中秋所刻，首題："客座私祝。"首題下有明劉宗周正書題字，尾有清周爾墉正書跋，瑛棨正書跋，清文元發草書跋。此爲整幅本，烏金拓，共 6 張，每張皆高 117 厘米，寬 51 厘米。

釋文：

客座私祝

但願温恭直諒之友來以講學論道，示以孝友謙和之行，德業相勸，過失相規，以教訓我子弟，使毋陷於非僻。不願狂燥惰慢之徒此來博弈飲酒，長傲飾非，導以驕奢淫蕩之事，誘以貪財黷貨之謀，冥頑無恥，扇惑鼓動，以益我子弟之不肖。嗚呼，由前之説，是謂良士；由後之説，是謂凶人。我子弟苟遠良士而近凶人，是謂逆子，戒之！戒之！

嘉靖丁亥八月將有兩廣之行，書此以戒我子弟，并以告夫士友之辱臨於斯者，請一覽教之。王守仁書。

客座私祝

山川毓秀挺生斯文居仁由義篤古高風 山陰劉宗周

但願温恭直諒之友來
以講學論道示以孝友
謙和之行德業相勸過

失相規以教訓我子弟
使毋陷于非僻不願狂
慓惰慢之徒此來博奕
飲酒長傲飾非導以驕

奢淫蕩之事誘以貪財
黷貨之謀冥頑無耻扇
惑鼓動以益我子弟之
不肖嗚呼由前之説是

謂良士由後之説是謂
凶人我子弟苟遠良士
而近凶人是謂逆子戒
之戒之

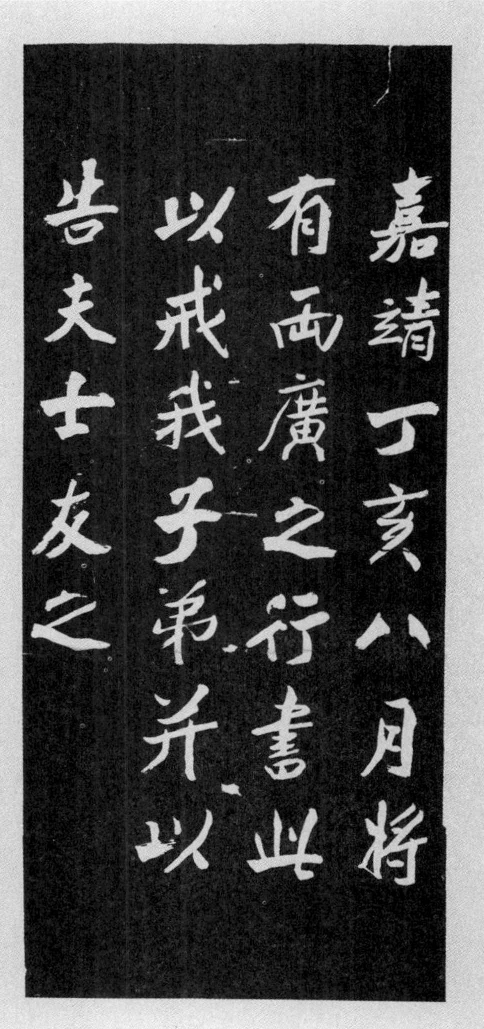
嘉靖丁亥八月將
有兩廣之行書此
以戒我子弟并以
告夫士友之

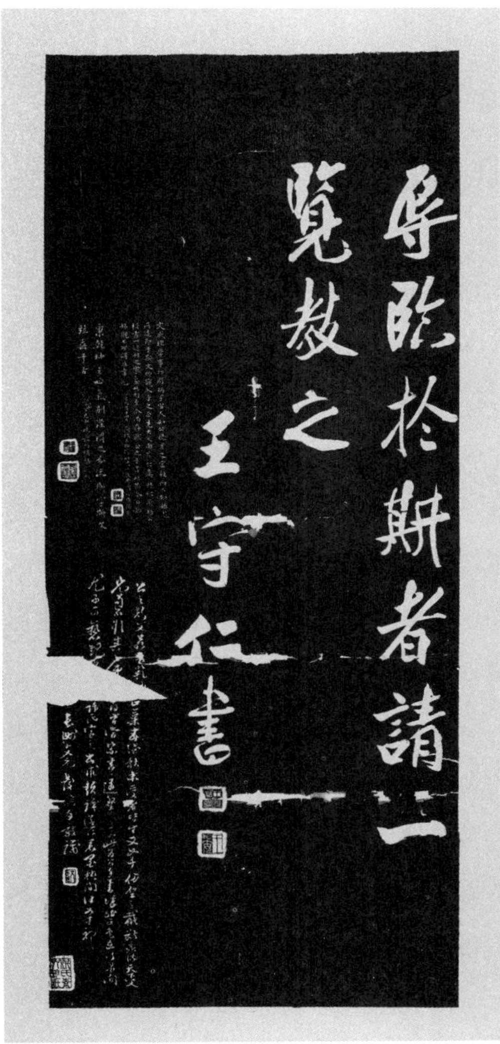
辱臨扵斯者請一
覽教之
王守仁書

王守仁誥封碑

各地 9386（拓片）

《王守仁誥封碑》，刻明隆慶二年（1568）六月十七日誥封王陽明之制文。此碑爲清光緒七年（1881）二月刻，爲清修文書法家袁思韠正書，貴筑杜瑞徵捐資所刻，碑立於雲南省昆明市。

國家圖書館藏本爲整幅本，1 張，拓本高 189 厘米，寬 138 厘米。

釋文：

制曰：竭忠盡瘁，固人臣職分之常；崇德報功，實國家激勸之典。矧通侯班爵，崇亞上公，而節惠易名，榮逾華衮。事必待乎論定，恩豈容以久虚？爾故原任新建伯南京兵部尚書兼都察院左都御史王守仁，維嶽降靈，自天佑命。爰從弱冠，屹爲宇宙人豪；甫拜省郎，獨奮乾坤正論。身瀕危而志愈壯，道處困而造彌深。紹堯、孔之心傳，微言式闡；倡周、程之道術，來學攸宗。蘊蓄既宏，猷爲丕著；遺艱投大，隨試皆宜；戡亂解紛，無施弗效。閩、粤之箐巢盡掃，而擒縱如神；東南之黎庶舉安，而文武足憲。追及逆藩稱亂，尤資仗鉞淵謀；旋凱奏功，速於吴、楚之三月；出奇決勝，邁彼淮、蔡之中宵。是嘉社稷之偉勛，申盟帶礪之異數。既復撫夷兩廣，旋至格苗七旬。謗起功高，賞移罰重，爰遵遺詔，兼採公評。續相國之生封，時庸旌伐；追曲江之殊恤，庶以酬勞。茲特贈爲新建侯，謚文成，錫之誥命。於戲！鐘鼎勒銘，嗣美東征之烈；券綸昭錫，世登南國之功。永爲一代之宗臣，實耀千年之史册。冥靈不昧，寵命其承！

隆慶二年六月十七日。

貴筑杜瑞徵捐立。修文袁思韠敬書。光緒七年歲次辛巳仲春月穀旦。

制曰竭忠盡瘁固人臣職分之常崇德報功實國家激勸之典
矧通侯班爵崇亞上公而節惠易名榮逾華袞事必待乎論定
恩豈容以久虛爾故原任新建伯南京兵部尚書兼都察院左
都御史王守仁維嶽降靈自天佑命爰從弱冠屹爲宇宙人豪
甫拜省郎獨奮乾坤正論身瀕危而志愈壯道處困而造彌深
紹堯孔之心傳微言式闡倡周程之道術來學攸宗蘊蓄既宏
猷爲丕著遺艱投大隨試皆宜戡亂解紛無施弗效閩粵之箐
巢盡掃而擒縱如神東南之黎庶舉安而文武足憲追及逆藩
稱亂尤資仗鉞渊謀旋凱奏功速於吳楚之三月出奇決勝邁
彼淮蔡之中宵是嘉社稷之偉勳申盟帶礪之異數既復撫夷
兩廣旋至格苗七旬謗起功高賞移罰重爰遵遺詔兼採公評
續相國之生封時庸旌伐追曲江之殊恤庶以酬勞茲特贈爲
新建侯謚文成錫之誥命於戲鐘鼎勒銘嗣美東征之烈券綸
昭錫世登南國之功永爲一代之宗臣實耀千年之史冊冥靈
不昧寵命其承
隆慶二年六月十七日
貴筑杜瑞徵捐立
修文袁思韠敬書
光緒七年歲次辛巳仲春月穀旦

客座私祝

各地 8862（拓片）

《客座私祝》，明王守仁撰文并行書。嘉靖三年（1524）王陽明受稷山書院之邀講學，次年，在紹興創建陽明書院傳播王學。嘉靖六年（1527）王陽明奉命平叛，八月，他爲弟子們寫下了《客座私祝》後去兩廣上任，嘉靖七年，平叛後的王陽明不幸病逝於歸途，此文遂成绝唱，爲歷代學者所推重。

國家圖書館藏此本爲清光緒二十八年（1902）十二月彭聚星所刻。首題："客座私祝。" 首題下有明劉宗周正書題字，尾刻清彭聚星行書跋。此爲整幅本，6 張，每張皆高 153 厘米，寬 41 厘米。

釋文：

客座私祝

但願温恭直諒之友來此，講學論道，示以孝友謙和之行，德業相勸，過失相規，以教訓我子弟，使毋陷於非僻；不願狂躁惰慢之徒來此，博弈飲酒，長傲飾非，導以驕奢淫蕩之事，誘以貪財黷貨之謀，冥頑無恥，扇惑鼓動，以益我子弟之不肖。嗚呼，由前之説，是謂良士；由後之説，是謂凶人。我子弟苟遠良士而近凶人，是謂逆子，戒之！戒之！

嘉靖丁亥八月將有兩廣之行，書此以戒我子弟，并以告夫士友之辱臨於斯者，請一覽教之。王守仁書。

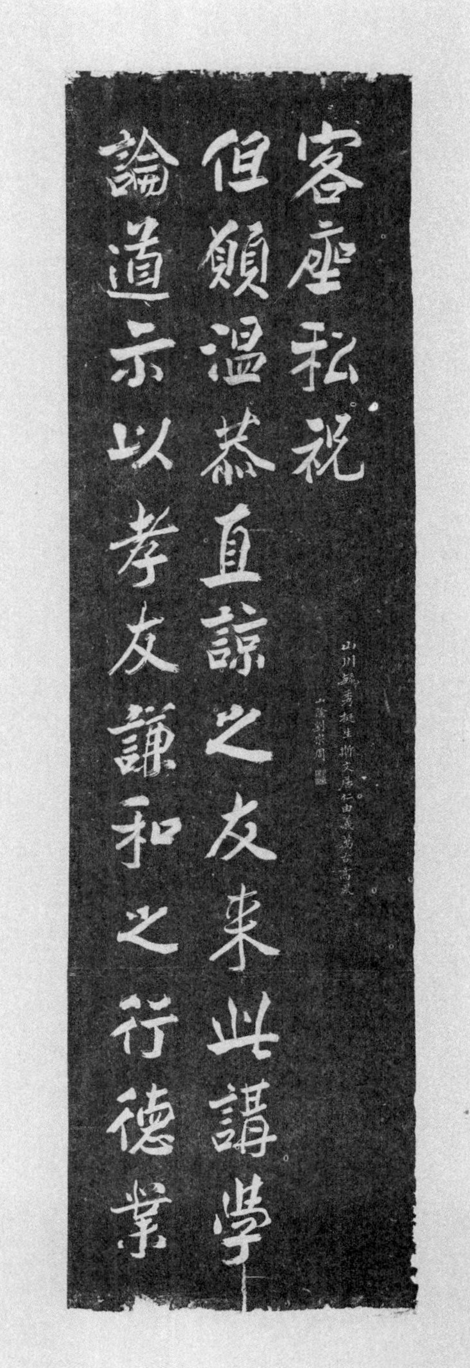
客座私祝
但願溫恭直諒之友來此講學
論道示以孝友謙和之行德業

相勸過失相規以教訓我子弟
使毋陷于非僻不願狂慠惰慢
之徒來此博奕飲酒長傲飾非

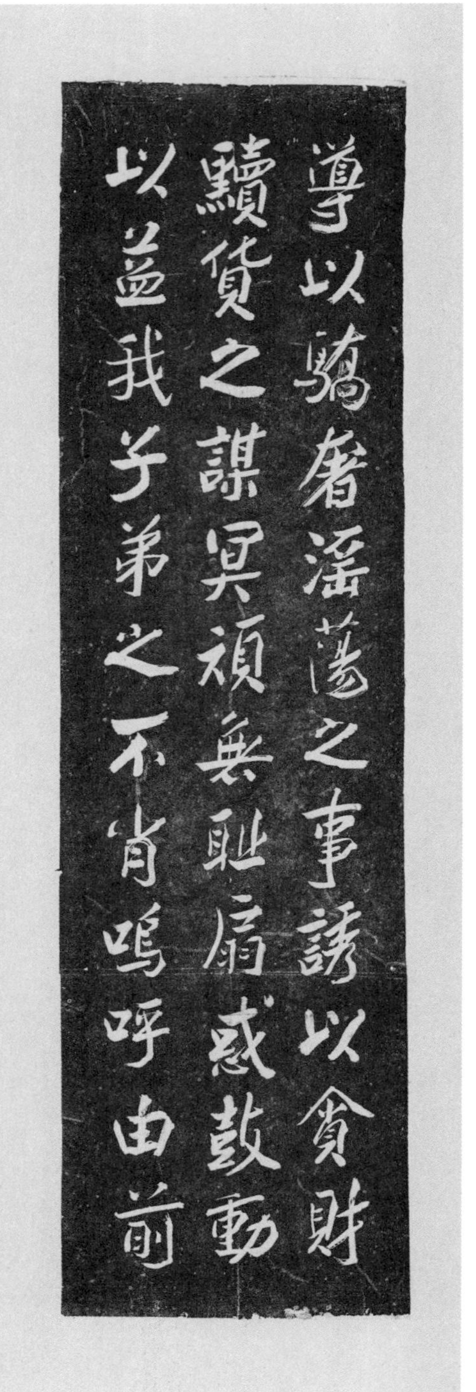
導以驕奢淫蕩之事誘以貪財
黷貨之謀冥頑無恥扇惑鼓動
以益我子弟之不肖嗚呼由前

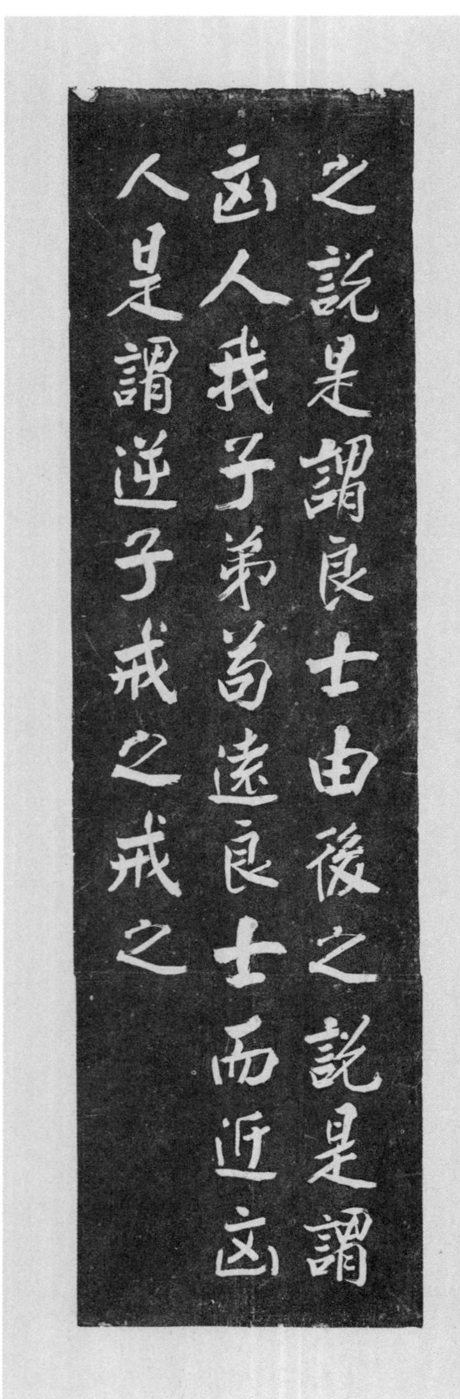
之說是謂良士由後之說是謂
凶人我子弟苟遠良士而近凶
人是謂逆子戒之戒之

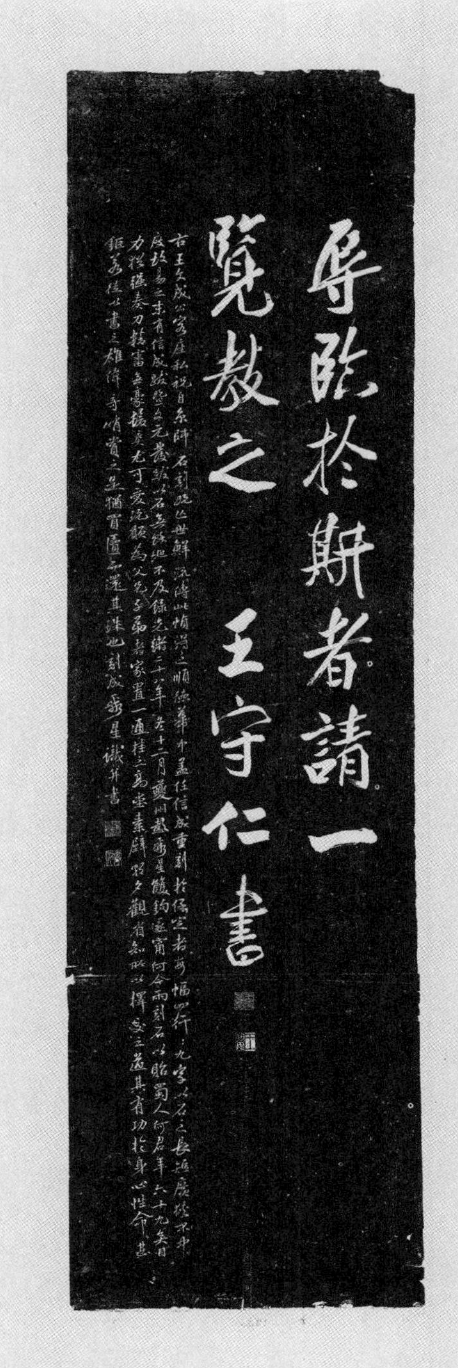
辱臨於斯者請一
覽教之
王守仁書

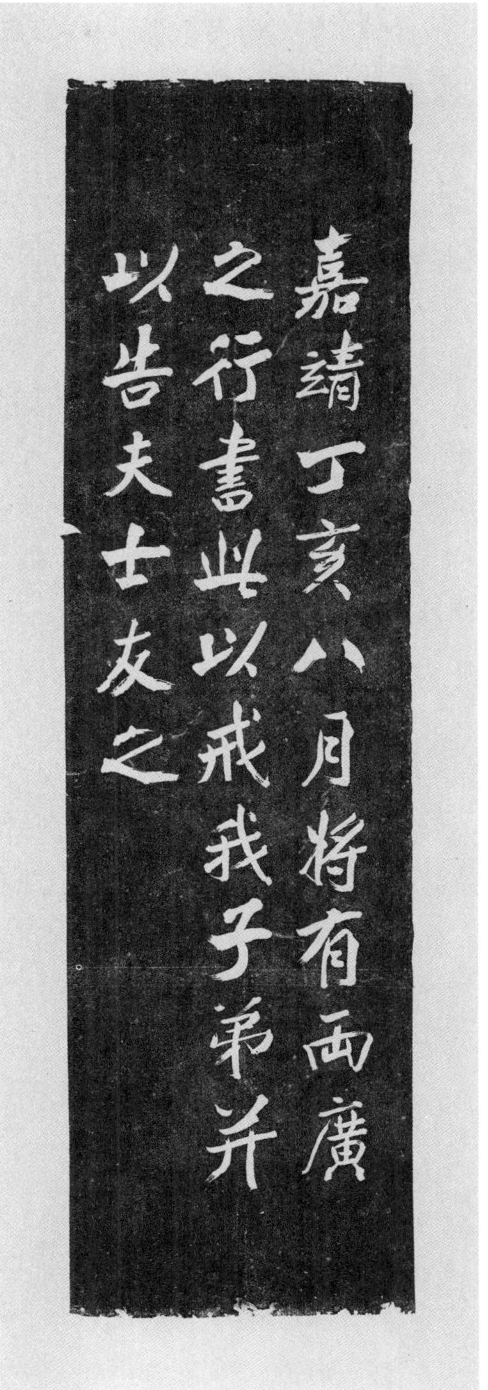
嘉靖丁亥八月将有兩廣
之行書此以戒我子弟并
以告夫士友之

王守仁傳贊

北京 9503—84（拓片）

《王守仁傳贊》，傅增湘撰并正書。民國三十年（1941）十二月，刻於北京市西城區果子市。此贊對王守仁一生功績做了高度概括和評價，爲武廟歷代名將傳贊之一，與毛伯温傳贊同刻一石。首題："明新建伯王守仁。"

國家圖書館藏本爲整幅本，1 張，高 34 厘米，寬 90 厘米，與《毛伯温傳贊》同拓一紙。

釋文：

明新建伯王守仁

王守仁字伯安，浙江餘姚人，弘治進士，授刑部主事，忤劉瑾，謫龍場驛丞。瑾誅，復官，累遷至右僉都御史，巡撫南贛，時南中盜賊蜂起，攻剽府縣，守仁親率鋭卒破賊，俘斬甚衆。寧藩宸濠反，守仁直擣南昌破之，進南京兵部尚書，封特進光祿大夫柱國新建伯，追贈侯爵，謚文成。

贊曰：

有文事者，必有武備，贛疆蕩寇，更定兵制，直擣南昌，寧藩俘縶，論道九華，潛消衆忌。

江安傅增湘。

四十三

明新建伯王守仁

王守仁字伯安浙江餘姚人弘
治進士授刑部主事忤劉瑾謫
龍場驛丞瑾誅復官累遷至右
僉都御史巡撫南贛時南中盜
賊蜂起攻剽府縣守仁親率鋭
卒破賊俘斬甚衆寧藩宸濠反
守仁直擣南昌破之進南京兵
部尚書封特進光禄大夫柱國
新建伯追贈侯爵謚文成

贊曰

有文事者必有武備贛疆蕩寇
更定兵制直擣南昌寧藩俘縶
論道九華潛消衆忌

江安傅增湘

法 帖

人心不同説

法帖 42

《人心不同説》，明王守仁撰并草書，6 開。此帖末款爲“正德癸亥清明節陽明山人書於中天閣”，查正德年間并無癸亥，或爲王守仁筆誤。此帖應書於正德八年至十年間（1513—1515），15 行，每行 11、12 字不等，端正書題“王守仁書”，輯於《螢照堂明代法書》第四册。《螢照堂明代法書》十卷，乃清康熙三十二年（1693）五月車萬育輯，劉文焕鎸刻而成的一部叢帖。此帖首隸書題“明代法書”，附刻車萬育康熙三十五年正月跋。國家圖書館藏此帖爲洪瑞甡舊藏清初拓本，10 册，册高 27 厘米，寬 14 厘米，凡 297.5 開，函套有張伯英題簽及題跋三則，鈐“戒五間樓”“洪氏戒五間樓所藏金石書畫”“山陰洪繼祥鑒賞”印。

釋文：

人有言曰：“人心不同，有如其面。”此指惡人之心，偏黨反側，爲姦爲盗，爲詐爲僞，包藏禍心，如鬼如魅。不可測識者而言，則千方百計，千態萬狀。此則誠有如人各一面之不同也。若害人之心，由性真而發，五常百行，皆此誠實無僞之心也。考之先聖，俟之後聖，遠之四海，其心一也，何有不同者乎？《書》曰：“紂有臣億萬，惟億萬心，周有臣三千，惟一心。”

正德癸亥清明節陽明山人書於中天閣。

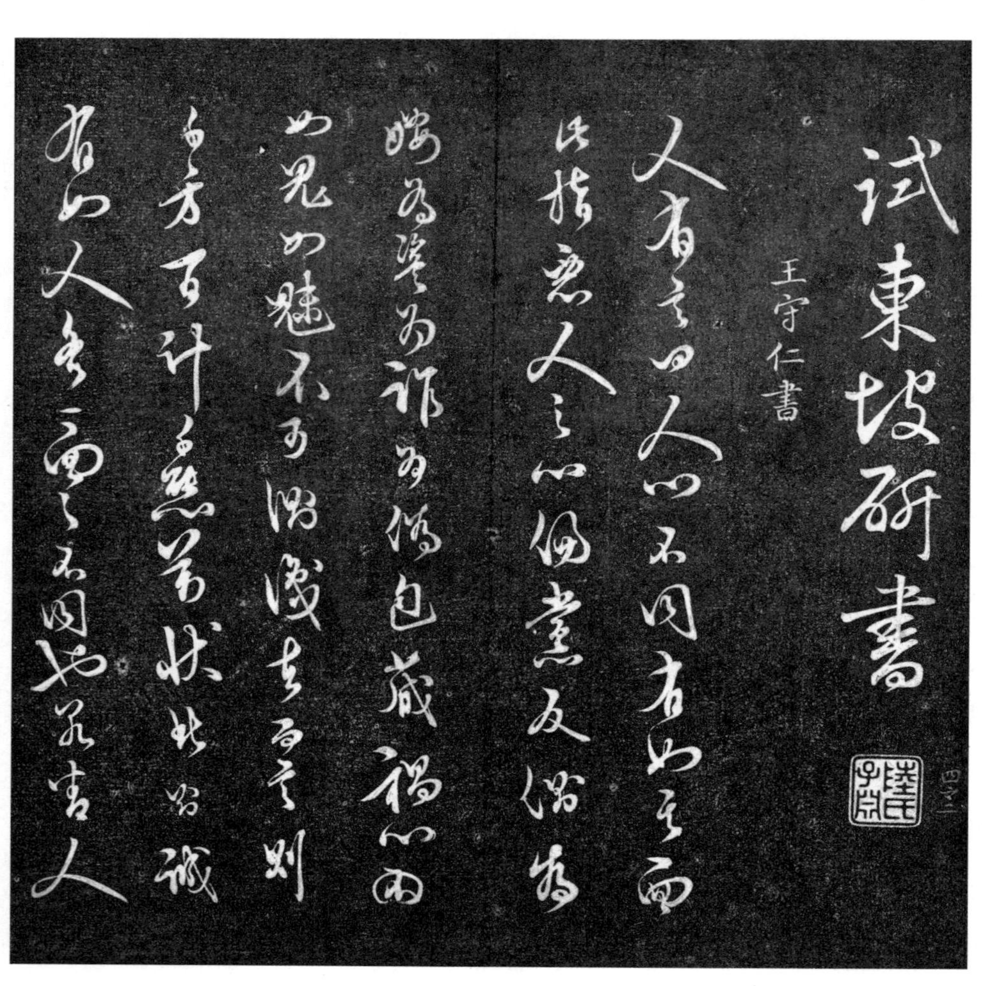
試東坡研書
王守仁書

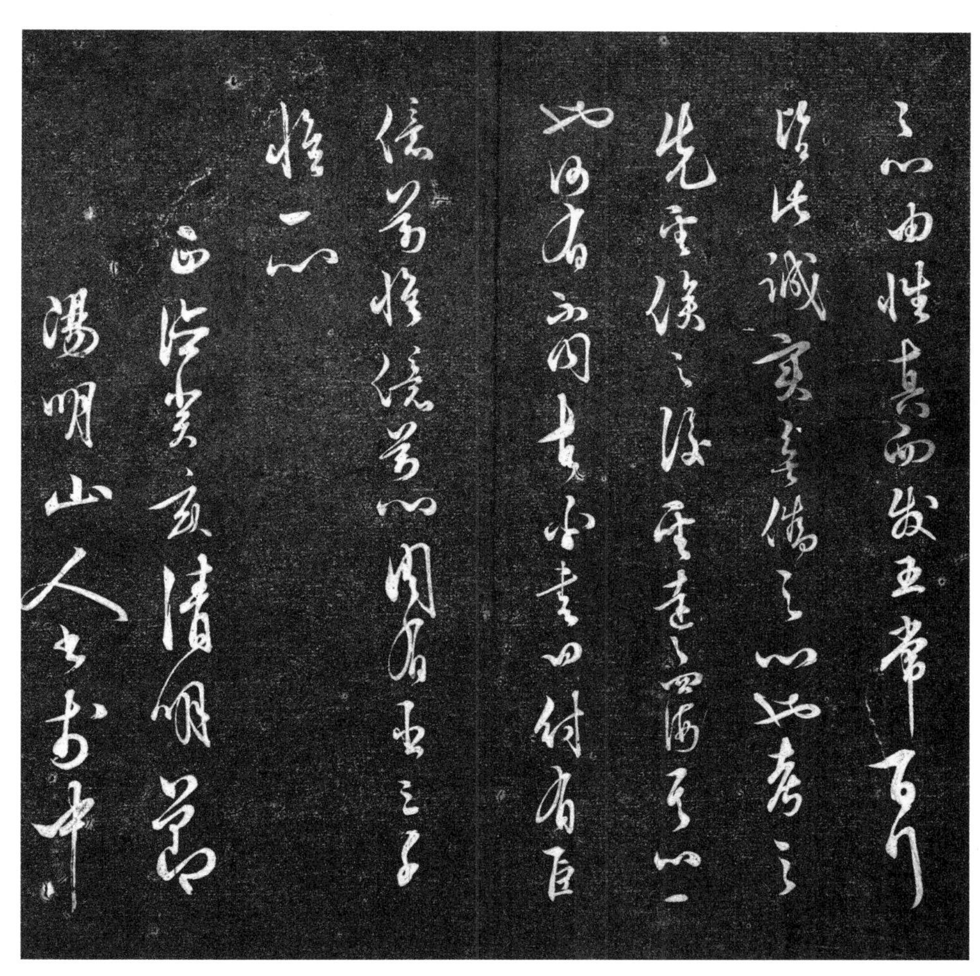

秋中帖

法帖 42

《秋中帖》，晋王羲之撰并草書，王守仁臨，1 開，3 行。輯於《螢照堂明代法書》第四册。《螢照堂明代法書》十卷，乃清康熙三十二年（1693）五月車萬育輯，劉文煥鎸刻而成的一部叢帖。此帖首隸書題“明代法書”，附刻車萬育康熙三十五年正月跋。國家圖書館藏此帖爲洪瑞甡舊藏清初拓本，10 册，册高 27 厘米，寬 14 厘米，凡 297.5 開，函套有張伯英題簽及題跋三則，鈐“戒五間樓”“洪氏戒五間樓所藏金石書畫”“山陰洪繼祥鑒賞”印。

釋文：

秋中感懷，雨冷，冀足下各可耳，胛風遂成患，甚憂之，力知問。

郗司馬帖

法帖 42

郗司馬帖，晉王羲之撰并草書，王守仁臨，1 開，3 行。輯於《螢照堂明代法書》第四册。《螢照堂明代法書》十卷，乃清康熙三十二年（1693）五月車萬育輯，劉文煥鎸刻而成的一部叢帖。此帖首隸書題“明代法書”，附刻車萬育康熙三十五年正月跋。國家圖書館藏此帖爲洪瑞甡舊藏清初拓本，10 册，册高 27 厘米，寬 14 厘米，凡 297.5 開，函套有張伯英題簽及題跋三則，鈐“戒五間樓”“洪氏戒五間樓所藏金石書畫”“山陰洪繼祥鑒賞”印。

釋文：

十七日先書，郗司馬未去，即日得足下書爲慰。先書以復具示，數字。

按：王羲之原帖末句為“先書以具好，復數字”，王陽明臨書誤倒。

裹鮓帖

法帖 42

《裹鮓帖》，晋王羲之撰并草書，王守仁臨，2 開，4 行。輯於《螢照堂明代法書》第四册。《螢照堂明代法書》十卷，乃清康熙三十二年（1693）五月車萬育輯，劉文焕鎸刻而成的一部叢帖。此帖首隸書題“明代法書”，附刻車萬育康熙三十五年正月跋。國家圖書館藏此帖爲洪瑞牲舊藏清初拓本，10 册，册高 27 厘米，寬 14 厘米，凡 297.5 開，函套有張伯英題簽及題跋三則，鈐“戒五間樓”“洪氏戒五間樓所藏金石書畫”“山陰洪繼祥鑒賞”印。

釋文：

裹鮓味佳，今致君，所須可示，勿難，當欽以語虞令。

右戲摹逸少三帖，陽明山人王守仁

按：王羲之原帖無“欽”字。

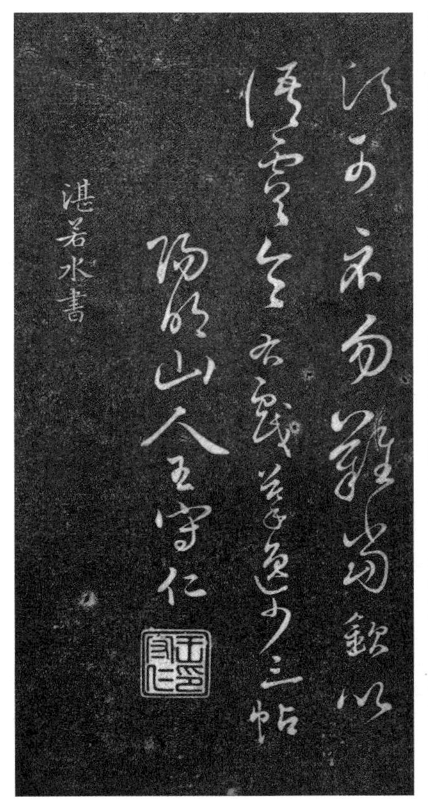

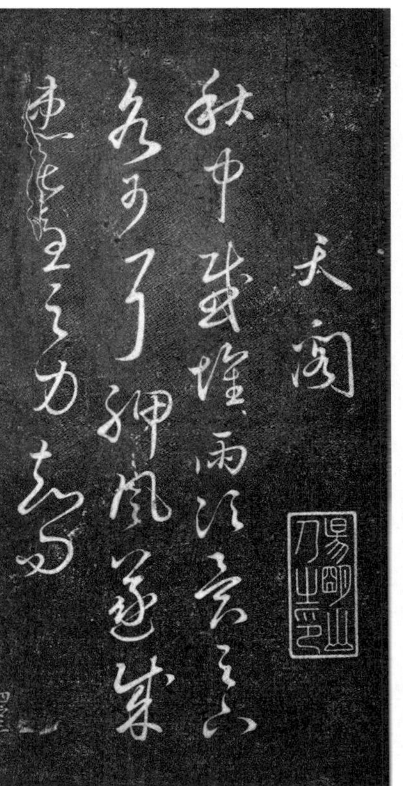

與曰仁太守書

法帖 410

與曰仁太守書，明王守仁撰并草書，2 開，14 行。此信書與徐愛。徐愛，字曰仁，王守仁弟子，德才兼备，曾任南京工部员外郎。此帖輯於《三希堂法帖》第二十八册。《三希堂法帖》，清乾隆十五年（1750）由清高宗弘曆輯，梁詩正等編，宋璋等鎸刻而成的一部叢帖。此帖三十二卷，首隸書題："御刻三希堂石渠寶笈法帖"，石現存北京市北海公園閱古樓。國家圖書館藏爲弘晝藏初拓本，烏金拓，32 册，册高 29 厘米，寬 18 厘米，凡 1200.5 開。帖内鈐"賜本""宋季子金石記""王錫瓚鑒賞章""那興阿印""蘭汀珍藏""鐵梅題記""臣和恭藏"印。

釋文：

得書驚惶，莫知所措，因知老親母仁慈德厚，福祿應非止此。然思曰仁何以堪處，何以堪處！急走請醫，相知之良，莫如夏者。然有官事相絆，不得遽行，未免又遲半日，比至祁且三日，天道苟有知，應不俟渠至，當已平復，不然可奈何，可奈何！來人與夏君先發，趙八舅余兒輩隨往矣。惶遽中言無倫次，亦不能盡。守仁頓首。曰仁太守賢弟

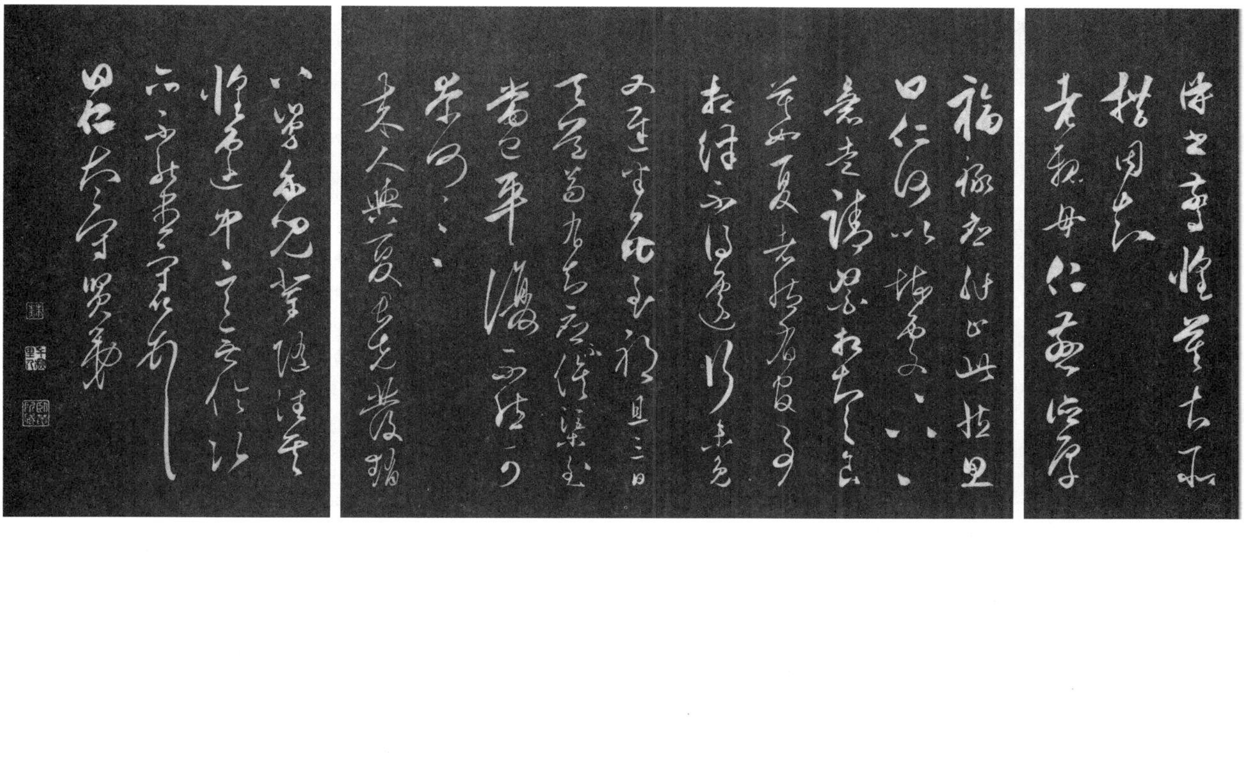

龍江留别白樓七律五首

法帖 410

《龍江留别白樓七律》五首，明王守仁撰并草書，9開，68行。詩文内容係王守仁在南京與兵部尚書喬宇、太常寺卿吴一鵬、國子祭酒曾鐸等宴餞時的唱和詩。書於正德十一年丙子（1516），時年44歲。輯於《三希堂法帖》第二十八册。《三希堂法帖》，清乾隆十五年（1750）由清高宗弘曆輯，梁詩正等編，宋璋等鐫刻而成的一部叢帖。此帖三十二卷，首隸書題："御刻三希堂石渠寶笈法帖"，石現存北京市北海公園閱古樓。國家圖書館藏爲弘晝藏初拓本，烏金拓，32册，册高29厘米，寬18厘米，凡1200.5開。帖内鈐"賜本""宋季子金石記""王錫瓚鑒賞章""那興阿印""蘭汀珍藏""鐵梅題記""臣和恭藏"印。

釋文：

龍江留别詩

正德丙子九月，守仁領南贛之命。大司馬白巖喬公、太常白樓吴公、大司成蓮北魯公、少司成雙溪汪公，相與集餞於清涼山，又餞於借山亭，又再餞於大司馬第，又出餞於龍江。諸公皆聯句爲贈，即席次韻奉酬，聊見留别之意。

未去先愁别後思，百年何地更深知。

今宵燈火三人尔，他日緘書一問之。

漫有烟霞刊肺腑，不堪霜雪妒鬚眉。

莫將分手看容易，知是重逢定幾時。

謫鄉還日是多餘，長擬雲山信所如。
豈謂尚懸蒼水佩，無端又領紫泥書。
豺狼遠道休爲梗，鷗鷺初盟已漸虚。
他日姑蘇歸舊隱，揔拈書籍便移居。

寒事俄驚蟋蟀先，同游剛是早春天。
故人愈覺晨星少，别話聊憑杯酒延。
戎馬驅馳非舊日，筆床相對又何年。
不因遠地疎踪迹，惠我時裁金玉篇。

無補涓埃媿聖朝，漫將投筆擬班超。
論交義重能相負，惜别情多屢見招。
地入風塵兵甲滿，雲深湖海夢魂遥。
廟堂長策諸公在，銅柱何年折舊標。

孤船眇眇去鍾山，雙闕回看杳靄間。
吴苑夕陽臨水别，江天風雨共秋還。
離懷遠地書頻寄，後會何時鬢漸斑。
今夜夢魂汀渚隔，惟餘梁月照容顔。

陽明山人王守仁拜手書於龍江舟中。
餘數詩稿亡，不及録，容後便覓得補呈也。
守仁頓首
白樓先生執事

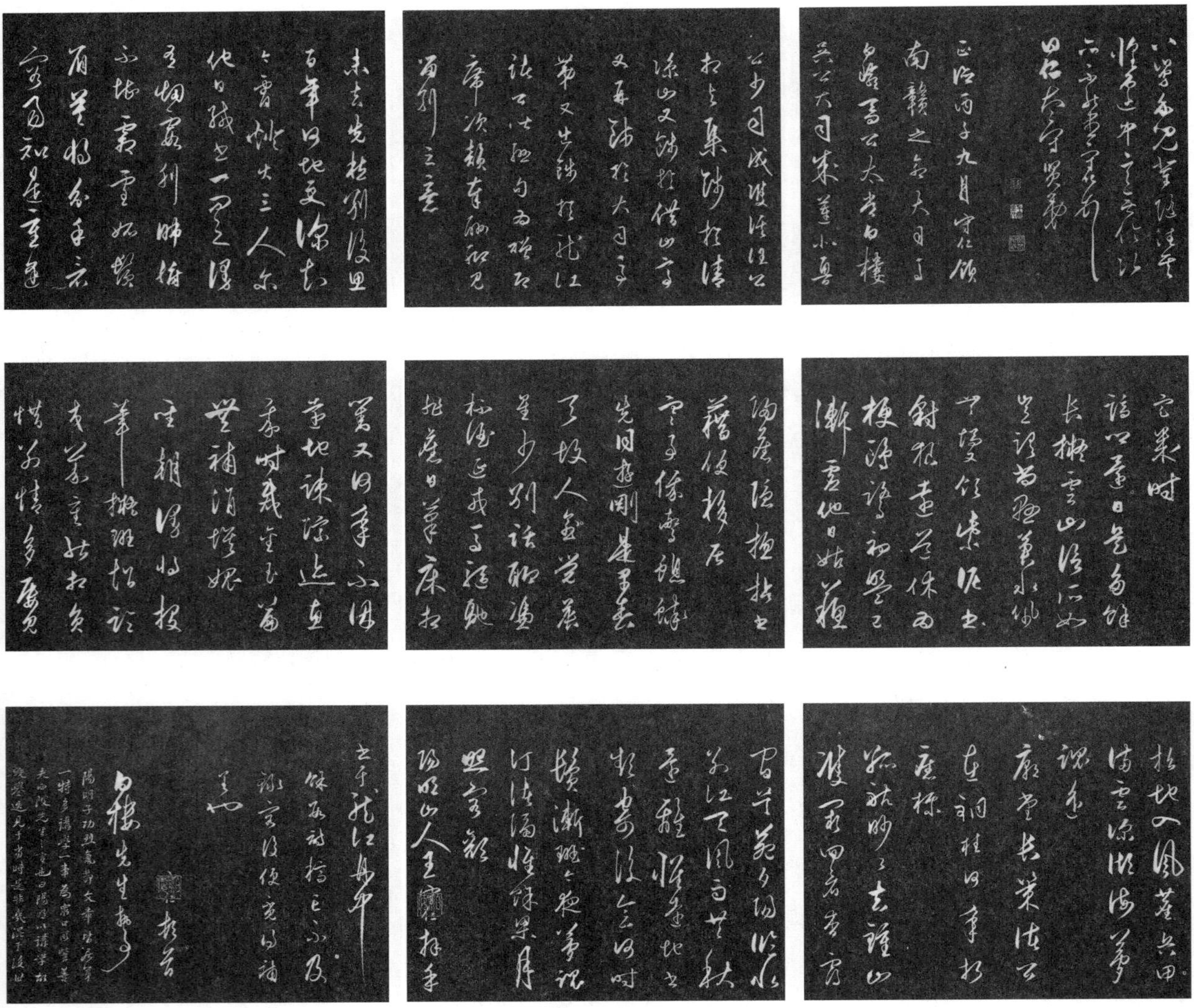

天馬賦跋

法帖 59

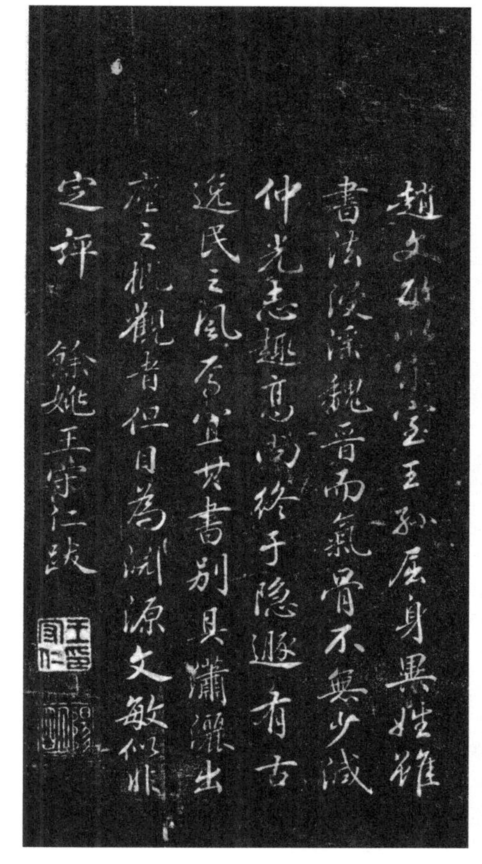

天馬賦跋，明王守仁撰并行書，1開，6行，輯於《清華齋趙帖》第三册。《清華齋趙帖》十二卷，清乾隆五年姚士斌輯前八卷，清乾隆五十五年姚學經續輯四卷，四明茅紹之摹勒而成。此帖集元趙孟頫、管道昇及趙雍等書，卷端隸書題“清華齋趙帖”，首卷首刻帖目，卷三首刻趙孟頫繪蘇長公像。國家圖書館藏此帖12册，册高24厘米，寬13厘米，凡165.5開。

釋文：

趙文敏以宋室王孫屈身異姓，雖書法浸淫魏晉，而氣骨不無少減。仲光志趣高尚，終於隱遁，有古逸民之風焉。宜其書别具瀟灑出塵之概觀者，但目爲淵源文敏，似非定評。餘姚王守仁跋。

龍井山方圓庵記跋

法帖 52

龍井山方圓庵記跋，明王守仁撰并行書，2 開，11 行，輯於《白雲居米帖》第六册。《白雲居米帖》十二卷，清乾隆五十三年（1788）姚士斌，姚學經摹勒而成。卷端篆書題“白雲居米帖”，集宋米芾書書法，附刻米芾畫像，十七日帖附刻釋文。然此帖爲僞刻，前八卷成於雍正四年（1726）。國家圖書館藏意遠軒舊藏清道光拓本，12 册，册高 26 厘米，寬 13 厘米，凡 162 開。

釋文：

余家餘姚與杭爲屬郡，其山川秀傑羅於胸懷，而龍井爲最。所謂方圓庵者，宋辯才法師開山，而米襄陽書石存焉。余嘗摩挲者久之。後守南贛，王事孔棘，迴憶官郎署時，與李空同諸君輩賦詩作字，已如夢寐。奚暇尋問山水，復履其地，讀古碑耶。適友人以拓本見遺，如獲舊珍，愛逾往昔。臨摹一過，恍然於能通天地人者爲真儒，能無異觀者爲真沙門。噫！此釋也，而進於儒矣。豈獨書法爲藝林之模楷歟？餘杭王守仁書。

好為學書辨香光左海岳家故多藏
度兵燹後半就零落惟此本得置几
案為昭揩出因識其向往如斯
春雨繒書

余家餘姚與杭為屬郡其山川秀傑羅
於胸懷而龍井為最所謂方圓庵者
宋辨才法師開山而米襄陽書石存焉
余嘗摩挲者久之後守南贛王事孔
棘迴憶官郎署時與李空同諸君單
賦詩作字已如夢寐矣暇尋問山水復

履其地讀古碑耶適友人以拓本見遺如
獲舊跡優遊往昔臨摹一過恍然於[illegible]
通天地人者為真儒能無異觀者為真沙
門噫此釋也而進於儒矣豈獨書法為藝
林之模楷歟
餘姚王守仁書

矯亭説并跋

法帖 96

《矯亭説并跋》，明王華撰，明王守仁撰并行書，12 開，48 行。《矯亭説》乃王守仁代其父王華爲友人昆山方秋卿建立“矯亭”後而作。此帖輯於《人帖》第二册。《人帖》四卷，清嘉慶十一年（1806）錢保輯刻。卷端正書題“人帖”，帖刻宋至明清忠義人書法，帖首有周鍔正書小傳并帖目。國家圖書館藏清光緒平江書院拓本，4 册，册高 27 厘米，寬 12 厘米，凡 125 開。

釋文：

君子之行順乎理而已，無所事於偏；偏於柔者，矯之以剛，然或失則敖，偏於慈者，矯之以毅，然或失則刻，偏於奢者，矯之以儉，然或失則陋。凡矯而無節則過，過則復爲偏，故君子之論學也，不曰矯而曰克，克以勝其私，無過不及矣。矯猶免於意必也，意必亦私也，故言矯者未必能盡克己也。矯而復其理，亦克己之道矣。行其克己之實，而以矯名焉，何傷乎？古之君子，其取名也廉，後之君子，實未至而名先之，故不曰克而曰矯，亦矯世之意也。秋卿方君時以“矯”名亭，嘗請家君爲之説，輒爲書之。陽明王守仁識。

君子之行順乎理而已無所事於偏偏於柔者矯之以剛然或失則傲偏於慈者矯之以毅然或失則刻偏於奢者矯之以儉然或失則陋凡矯而無節則過過則復為偏故君子之論學也不曰矯而曰克克以勝其私無過不及矣矯猶免於意必也意必亦私也故言矯者未必能盡克己也矯而復其理亦克己之道矣行其克己之實而以矯名焉何傷乎古之君子其取名也廉後之君子實未至而名先之故不曰克而曰矯亦矯世之意也林卿方君時以矯名亭嘗請家君為說於為書之

陽明王守仁

與虞佐唐書

法帖 96

與虞佐唐書，明王守仁撰并行書，5 開，34 行，輯於《人帖續刻》。《人帖續刻》一卷，清嘉慶十一年（1806）金以誠輯并正書帖目。帖卷端隸書題“人帖續刻”。尾續刻同治七年（1868）二月蒯德模跋。國家圖書館藏清光緒平江書院拓本，1 册，册高 27 厘米，寬 12 厘米，凡 30.5 開。

釋文：

侍生王守仁頓首謹復

侍御虞佐唐老先生執事

相與兩年，情日益厚，意日益真，此皆彼此所心喻，不以言謝者。别後又承雄文追送，稱許過情，末又重以傳説之事，所擬益非其倫，感怍何既！雖然，故人之賜也，敢不拜受；果如是，非獨進以有爲，將退而隱於巖穴之下，要亦不失其爲賢也已，敢不拜賜！昔人有言：“投我以木桃，報之以瓊瑶。”今投我以瓊瑶矣，我又何以報之？報之以其所賜可乎？

説之言曰：“學於古訓乃有獲。”夫謂學於古訓者，非謂其通於文辭，講説於口耳之間，義襲而取諸其外也；獲也者，得之於心之謂，非外鑠也。必如古訓，而學其所學焉，誠諸其身，所謂默而誠之，不言而信，乃爲有得也。夫謂遜志務時敏者，非謂其飾情卑禮於其外，汲汲於事功聲譽之間也。其遜志也，如地之下，而無所不承也；如海之深，而無所不納也。其時敏也，一於天德，戒懼於不睹不聞，如太和之運而不息也。夫然，百世以俟聖人而不惑，溥博淵泉而時出之，言而民莫不信，行而民莫不悦，施及蠻貊而道德流於無窮，斯固説之所以爲説也。以是爲報，執事其能却我乎？孟氏云：“責難之謂恭。”吾其敢以後世文章之士期執事乎？顔氏云：“舜何人也？予何人也？”執事其能不以説自期乎？人還燈下，草草爲謝；相去益遠，臨楮快悒！

六月廿日守仁再頓首。餘空。

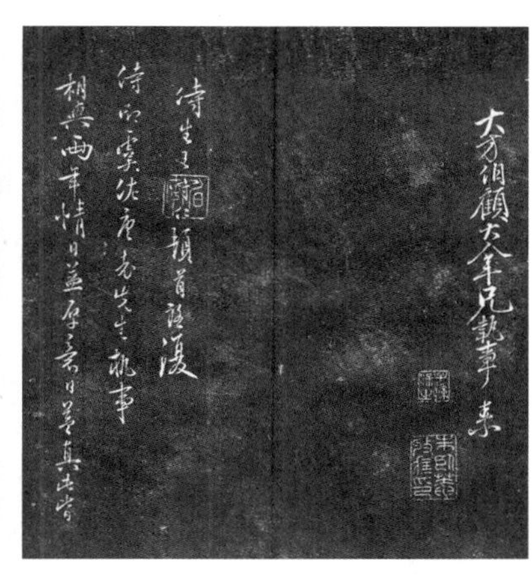
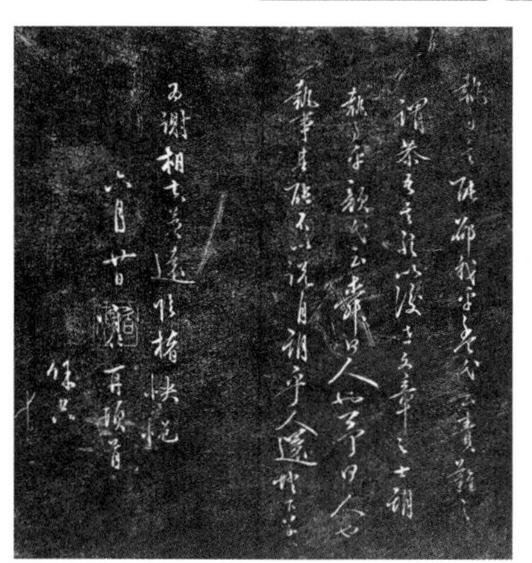

次張體仁聯句七律三首

法帖 242

《次張體仁聯句七律》三首，明王守仁撰并草書，2 開，13 行，輯於望雲樓法帖第七册。《望雲樓法帖》，十八卷，清嘉慶年間謝恭銘選輯，陳如岡摹刻而成。卷端隸書題“望雲樓集帖”，不刻卷數，帖刻歷代名人書。國家圖書館藏初拓本，18 册，第一、三册係配本，册高 31 厘米，寬 13 厘米，凡 472.5 開，鈐“葆真子印”。

釋文：

次張體仁聯句韻

眼底湖山自一方，晚林雲石坐高涼。閑心最覺身繫系，游興還堪鬢未蒼。樹杪飛泉長滴翠，霜前岩菊尚餘芳。秋江畫舫休輕發，忍負良宵燈燭光。

山寺幽尋亦借忙，長松落落水浪浪。深冬平野風煙淡，斜日滄江鷗鷺翔。海内交游惟酒伴，年來蹤迹半僧房。相過未盡清雲話，無奈官程促去航。

問俗觀山两劇匆，雨中高興諒誰同。輕雲薄靄千峰曉，老木滄波萬里風。客散野鳧從小艇，詩成巖桂發新叢。清詞寄我真消渴，绝勝金莖吸露筒。

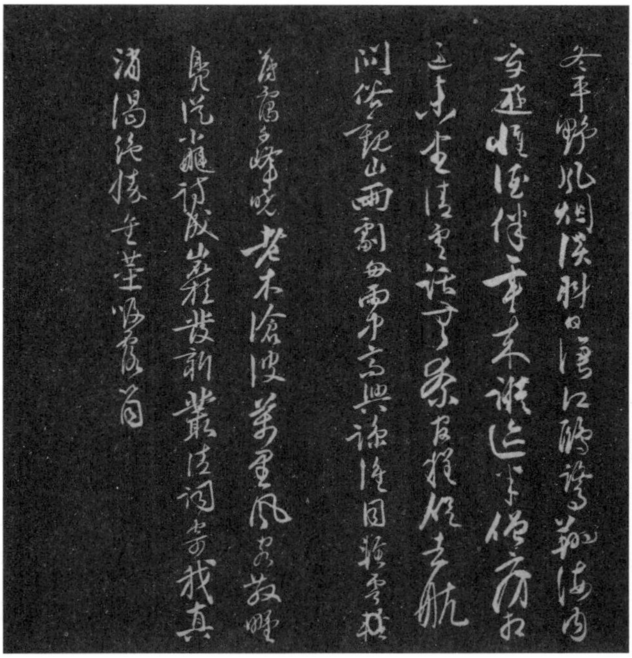

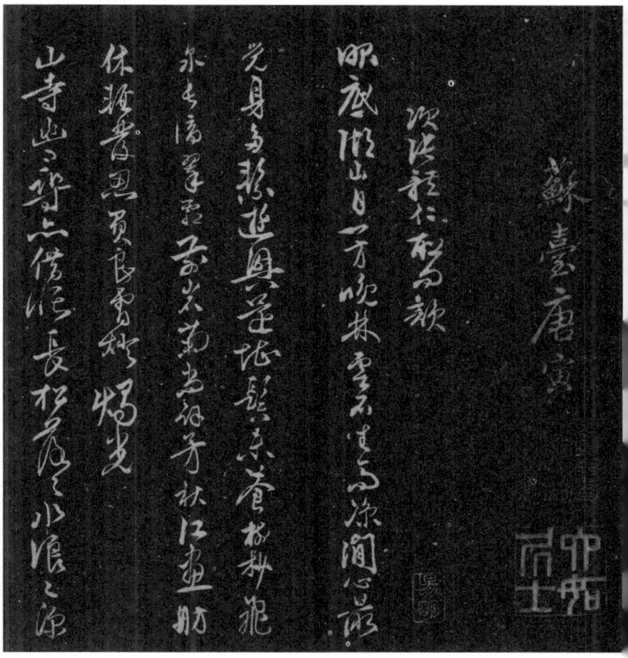
蘇臺唐寅

答宋九瞻書稿

法帖 242

答宋九瞻書稿，明王守仁撰并草書，1 開，6 行，輯於《望雲樓法帖》第七册。《望雲樓法帖》，十八卷，清嘉慶年間謝恭銘選輯，陳如岡摹刻。卷端隸書題“望雲樓集帖”，不刻卷數，帖刻歷代名人書。國家圖書館藏初拓本，18 册，第一、三册係配本，册高 31 厘米，寬 13 厘米，凡 472.5 開，鈐“葆真子印”。

釋文：

答宋孔瞻，九月廿七日

别久，相念殊深。臺公之政敷於陝右，其爲鄉邦之光多矣。令郎歸，辱書惠，益深感怍，承致亹庵中丞之意，不肖何以能當之。所須草字，非獨素不能亦已。久不作此，然勤勤之意不可以重違，略書近作一二首，見千里鄙懷，目舉一笑，擲之可也。人回，匆匆不盡所欲，請千萬心亮，孔瞻宋大人。

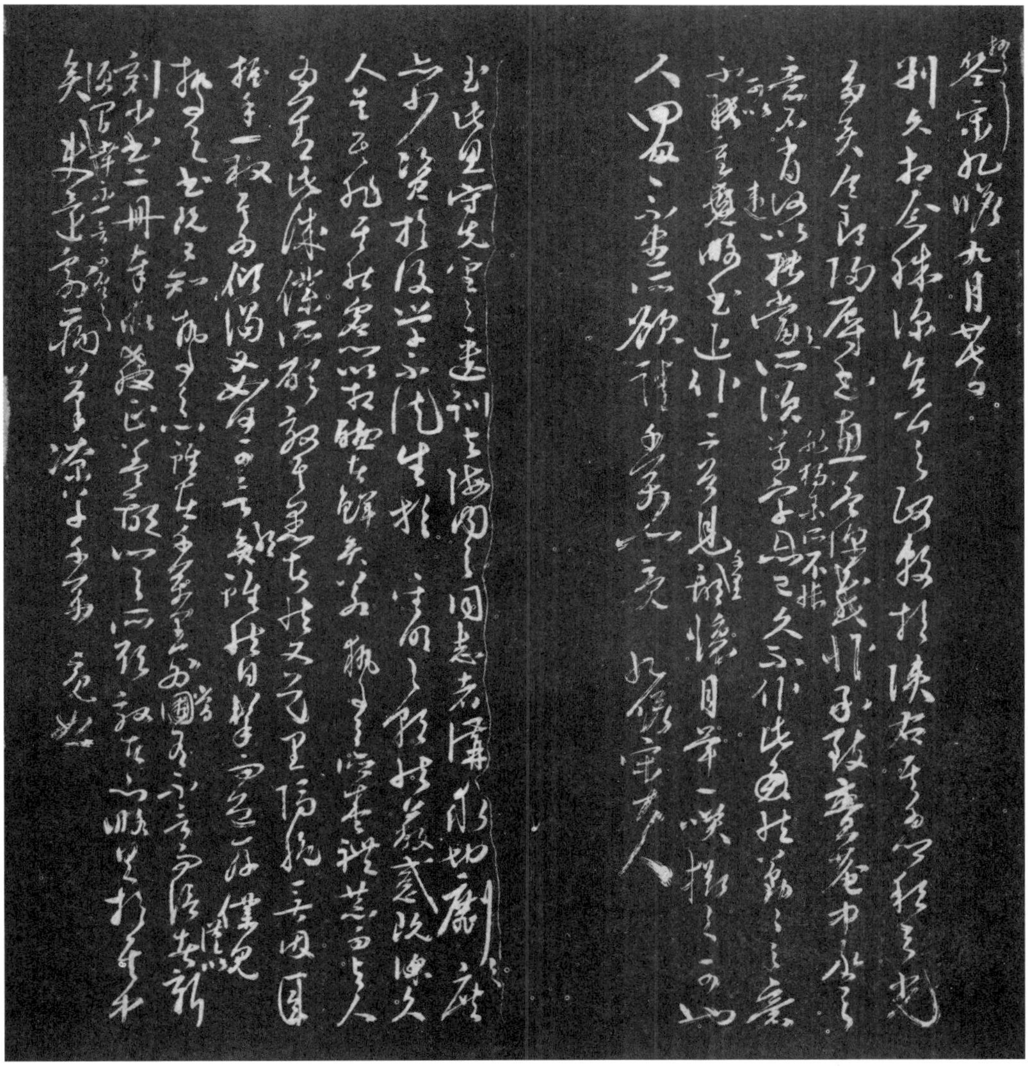

先聖遺訓帖

法帖 242

《先聖遺訓帖》，明王守仁撰并草書，1 開，8 行，輯於《望雲樓法帖》第七册。《望雲樓法帖》，十八卷，清嘉慶年間謝恭銘選輯，陳如岡摹刻。卷端隸書題“望雲樓集帖”，不刻卷數，帖刻歷代名人書。國家圖書館藏初拓本，18 册，第一、三册係配本，册高 31 厘米，寬 13 厘米，凡 472.5 開，鈐“葆真子印”。

釋文：

至此思守先聖之遺訓，與海内之同志者講求切劘之，庶亦少資於後學，不徒生於聖明之朝。然蔽惑既久，人是其非，其能虚心以相聽者鮮矣。若執事之德盛禮恭而與人爲善，此誠僕所願效其愚者，然又道里隔绝，無因握手一敘，其爲傾渴又如何可言耶！雖然，目擊而道存，僕見執事之書，既已知執事之心，雖在千萬里外，當有不言而信者。謹以新刻小書二册奉求教正。蓋鄙心之所欲效者，亦略具於其中矣。便間幸示言可否，之使還劇病筆潦草，千萬亮恕。

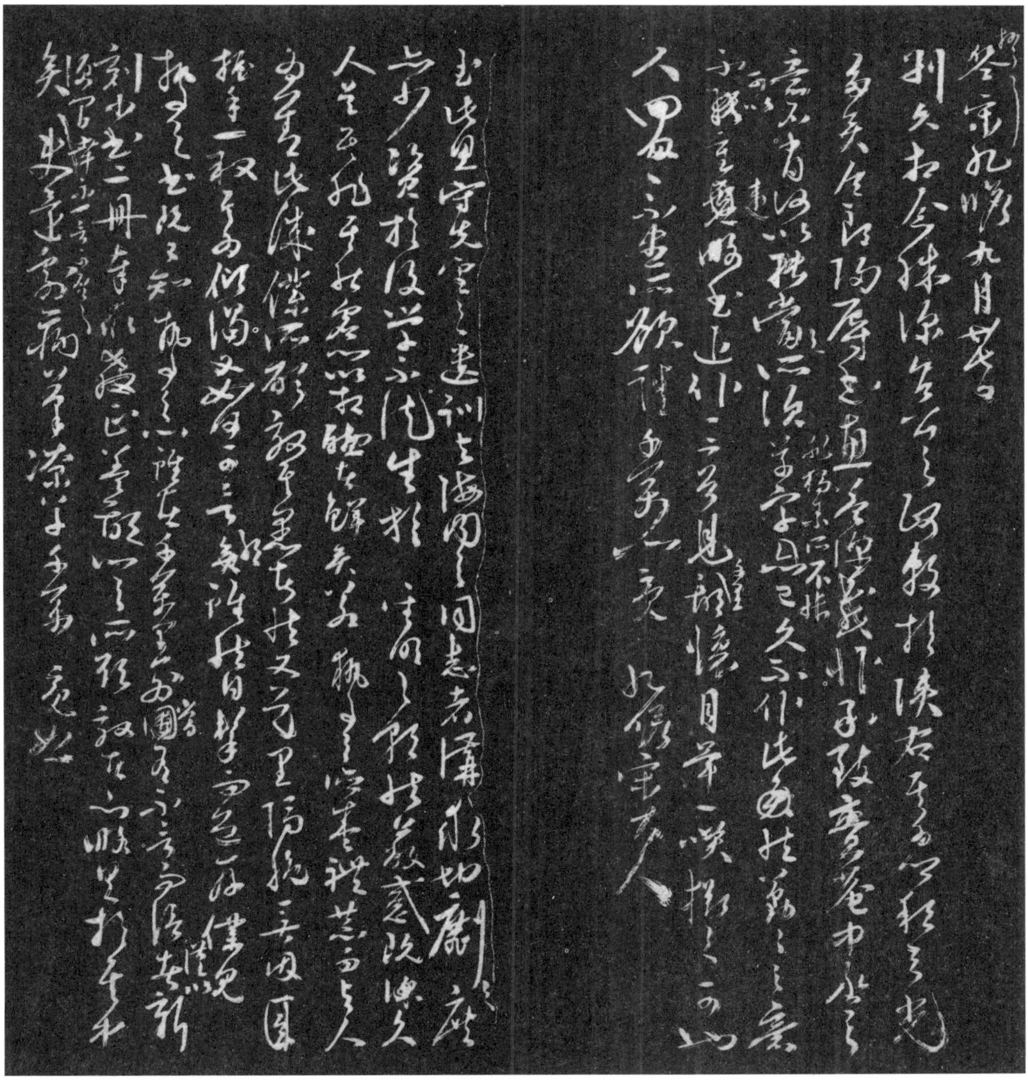

上父親書

法帖 242

上父親書，明王守仁撰并行書，2 開，18 行，輯於望雲樓法帖第七册。《望雲樓法帖》，十八卷，清嘉慶年間謝恭銘選輯，陳如岡摹刻而成的一部叢帖。卷端隸書題“望雲樓集帖”，不刻卷數，帖刻歷代名人書。國家圖書館藏初拓本，18 册，第一、三册係配本，册高 31 厘米，寬 13 厘米，凡 472.5 開，鈐“葆真子印”。

釋文：

寓贛州男王守仁百拜書，上父親大人膝下：久不得信，心切懸懸，間有鄉人至者，略問消息，審知祖母老大人、大人下起居萬福，稍以爲慰。男自正月初四出征浰賊，三月半始得回軍。賴大人蔭庇，盜賊略已底定。雖有殘黨百餘，皆勢窮力屈，投哀告招，今亦姑順其情，撫定安插之矣。所恨兩廣府江諸處苗賊，往年彼處三堂，雖屢次征剿，然賊根未動，旋复昌熾。今聞彼又大起，若彼中兵力無以制之，勢必搖動遠近，爲將來之憂。況兼時事日難，隱憂日甚，昨已遣人具本乞休，要在必得乃已。男因賊巢瘴毒，患瘡癘諸疾，今幸稍平，數日後亦將遣人歸問起居。因諸倉官便，燈下先寫此報安。四月初十日，男守仁百拜書。

寓贛州男王守仁百拜書上
父親大人膝下久不得信心切懸懸聞有
鄉人至者略聞消息竊知
祖母老大人
大人下起居萬福稍以為慰男自正月初
四出征漳賊三月半始得回軍賴
大人蔭庇盜賊略已底定非有殘黨百
餘皆窮力屈投降告招今亦姑順
其情撫定安插之矣所慮兩廣南江
諸處苗賊往年被處三年雖屢次
征剿然賊根未動旋復猖獗今聞彼
又大起若彼出中方無以制之勢必搖動遠
近為將來之憂況兼時事日難隱憂
日甚非己遣人共為之休要在必得乃已
男因賊巢瘴毒患瘡瘍夜夜
幸稍平數日後亦將遣人歸問
起居因諸倉官便燈下先寫此報
安四月初十日男守仁百拜書

與守忠侍御書三通

法帖 242

《與守忠侍御書》三通，明王守仁撰并行書，10 開，59 行，輯於《望雲樓法帖》第七册。《望雲樓法帖》，十八卷，清嘉慶年間謝恭銘選輯，陳如岡摹刻而成的一部叢帖。卷端隸書題“望雲樓集帖”，不刻卷數，帖刻歷代名人書。國家圖書館藏初拓本，18 册，第一、三册係配本，册高 31 厘米，寬 13 厘米，凡 472.5 開，鈐“葆真子印”。

釋文：

寧賊之起，震動海内，即其氣焰事勢，豈區區知謀才力所能辨此哉？旬月之間而遽就擒滅，此天意也，區區安敢叨天之功？但其拚九族之誅，强扶床席，捐軀以徇，此情則誠有天憫者，不知廟堂諸公能哀念及此，使得苟存餘息，即賜歸全林下否？此在守忠亦當爲區區致力者，前此已嘗屢瀆，今益不俟言矣。渴望，渴望！老父因聞變驚憂成疾，妻奴皆坐此病留吉安，至今生死未定。始以國難，不暇顧此；今事勢稍靖，念之百憂煎集，恨不能即時逃去，奈何，奈何！餘情冗極未能悉，千萬亮察。守仁頓首。

近因祖母之痛，哀苦狼藉，兼乞休疏久未得報，惟日閉門病卧而已。人自京來，聞車駕已還朝，甚幸，甚幸！但聞不久且將南巡，不知所指何地，亦復果然否？區區所處，剥床以膚，莫知爲措，尚憶孫氏園中之言乎？京師人情事勢何似？便間望寫示曲折。閩事尚多隱憂，既乞休勑文久不至，進退維谷。希淵守古道，不合於時，始交惡於郡守，繼得怨於巡按，浩然遂有歸興，復爲所禁阻不得行，且將誣以法。世路險惡如此，可歎可恨！因喻宗之便，燈下草草。宗之意向方新，惜不能久與之談。然其資性篤實，後必能有所進也。荒迷中不一一。守仁稽顙，守忠侍御賢弟道契。

欲投劾徑去，慮恐禍出不測，益重老父之憂；不去，即心事已亂，不復可强留。神志恍恍，終日如夢寐中。省葬之乞，去秋嘗已得旨，“賊平來説”。及冬底復請，而吏部至今不爲一覆。豈必欲置人於死地然後已耶？僕之困苦危疑，當道計亦聞之，略不爲一動心，何也？望守忠與諸公相見，爲我備言此情，得早一日歸，即如早出一日火坑，即受諸公更生之賜矣，至禱，至禱！宸濠叛時，嘗以僞檄免江西各郡租税，以要人心。僕時亦從權宜蠲免，隨爲奏請，至今不得旨。今江西之民重罹兵革誅求之苦，無復生意，急賑救之，尚恐不逮，又加徵科以速之，不得已復爲申請。正如夢中人被錐，不能不知疼痛，聊復一呻吟耳，可如何如何！守仁頓首，守忠侍御大人道契。諸相知不能奉書，均爲致千萬意。奏稿目入。

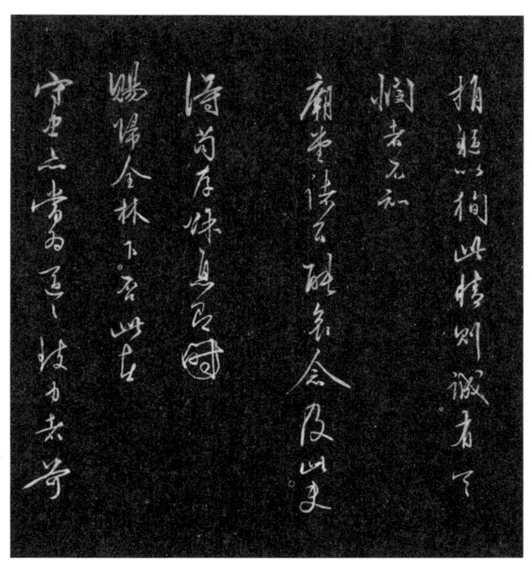

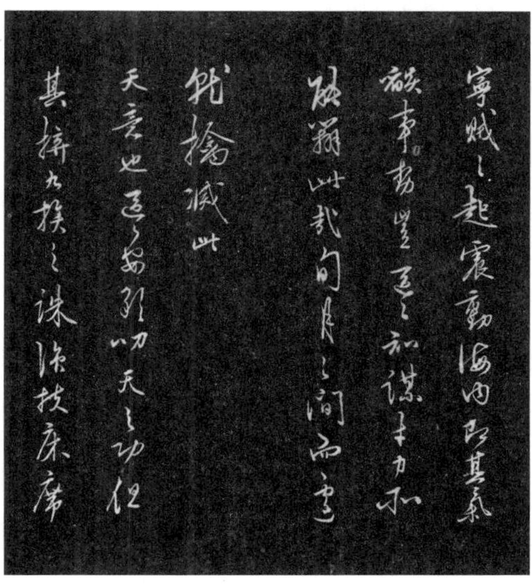

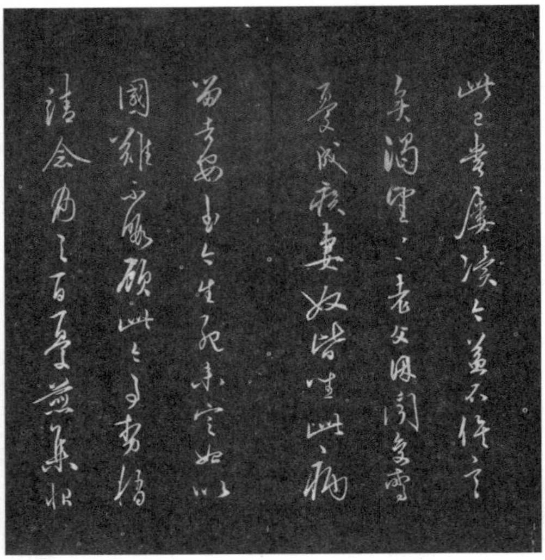

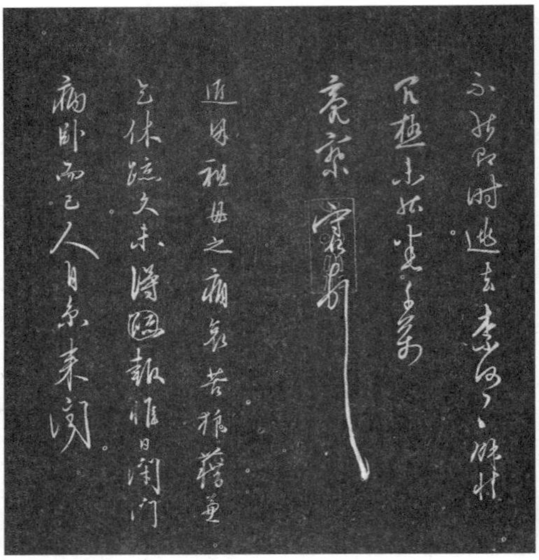

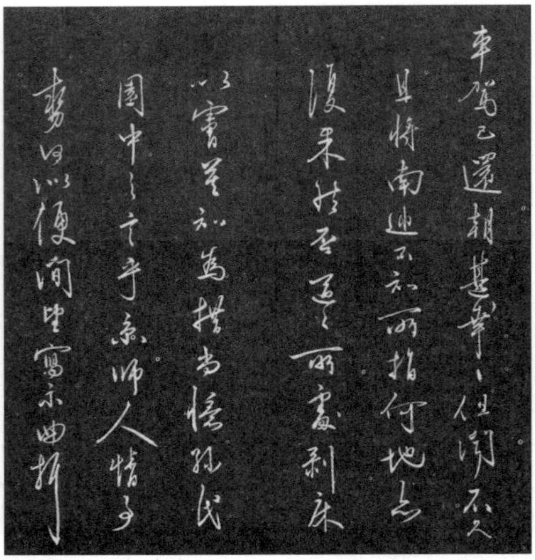

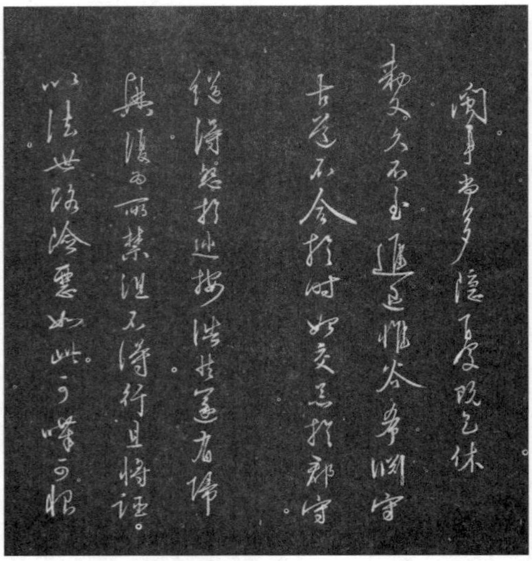

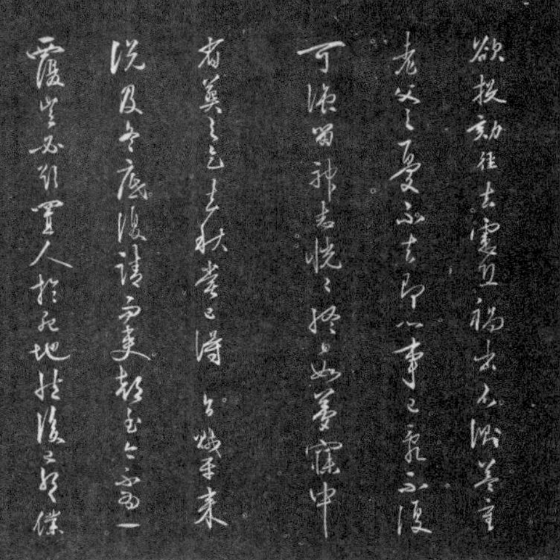

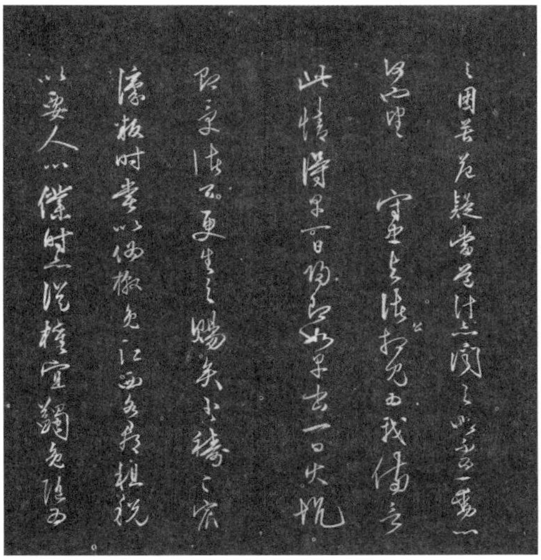

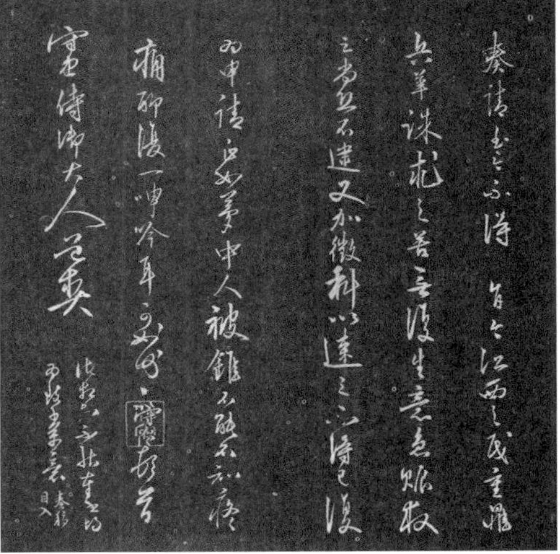

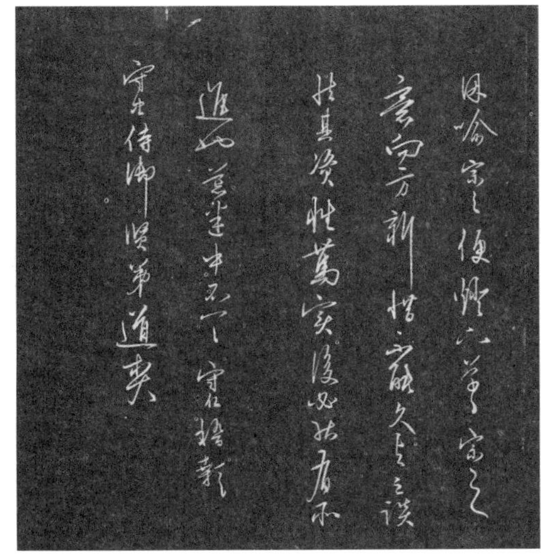

與王侍御書

法帖 242

《與王侍御（王濟）書》，明王守仁撰并正書，1 開，9 行，輯於《望雲樓法帖》第七册。《望雲樓法帖》，十八卷，清嘉慶年間謝恭銘選輯，陳如岡摹刻而成的一部叢帖。卷端隸書題“望雲樓集帖”，不刻卷數，帖刻歷代名人書。國家圖書館藏初拓本，18 册，第一、三册係配本，册高 31 厘米，寬 13 厘米，凡 472.5 開，鈐“葆真子印”。

釋文：

侍生王守仁頓首敬啓。侍御王老先生大人執事。昨承頒胙，兼錫多儀。生以丁日感微寒，迄今未敢風，未能參謝。感荷之餘，可勝惶悚。先遣門人越榛、鄒木請罪，尚容稍間面詣也。即日侍生守仁再拜啓上。外小詩稿一通呈教。餘空。

侍生王守仁頓首敬啓

侍御王老先生大人執事昨承

頒胙兼

錫多儀生以丁日感微寒迄今未敢風

未能參謝感荷之餘可勝惶悚先遣

門人越榛鄒木請罪尚容稍間面詣

也即日侍生守仁再拜啓上

外小詩稿一通呈

教　餘空

與李惟善秋元書三通

法帖 113

與李惟善秋元書二通，明王守仁撰并行書，7 開，45 行，輯於《友石齋法帖》第三册。《友石齋法帖》四卷，清嘉慶二十年南海葉夢龍選輯，南海謝雲生摹刻。此帖前有石刻目録，刻歷代名人書。國家圖書館藏清初拓本，綫裝，4 册，册高 31 厘米，寬 13 厘米，凡 103.5 葉，伊秉綬題簽，鈐“又氏藏書”“右氏書”印。

釋文：

（一）

祥兒在宅上打攪，早晚可戒告，使勿胡行爲好，寫去事可令一一爲之。諸友至此多簡慢，見時皆可致意。徐老先生處可特爲一行拜意，朱克相兄弟，亦爲一問，致勉勵之懷。餘諒能心照，不一一耳。守仁拜。

惟善秋元賢契。

（二）

别時不勝淒惘，夢寐中尚在西麓，醒來却在數百里外也。相見未期，努力進修，以俟後會。即日已抵鎮遠，須臾放舟行矣。相去益遠，言之慘然。書院中諸友不能一一書謝，更俟及便相見。望出此問致千萬意。守仁頓首。

張時裕、何子佩、越文實、鄒近仁、范希夷、郝升之、汪原銘、李惟善、陳良臣、湯伯元、陳宗魯、葉子蒼、易輔之、詹良臣、王世臣、袁邦彦、李良臣、列位秋元賢友，不能盡列，幸意亮之。高鳴鳳、何廷遠、陳壽寧勞遠餞，别爲致謝，千萬千萬！

（三）行時聞范希夷有恙，不及一問，諸友皆不及相别，出城時遇二三人於道傍，亦匆匆不暇詳細，皆可爲致情也。所買錫可令王祥打大碗四個，每個重二斤，須要厚實大樸些方可，其餘以爲蔬楪。粗磁碗買十餘，水銀擺錫箸買一二把。觀上内房門，亦須爲之寄去鹽四斤半，用爲醬料。朱氏昆季亦爲道意。閻真士甚憐其客方卧病，今遣馬去迎他，可勉强來此調理。梨木板可收拾，勿令散失，區區欲刊一小書故也。千萬千萬！

文實、近仁、良臣、伯元諸友均此見意，不盡列字也。仁白。惟善秋元賢友。

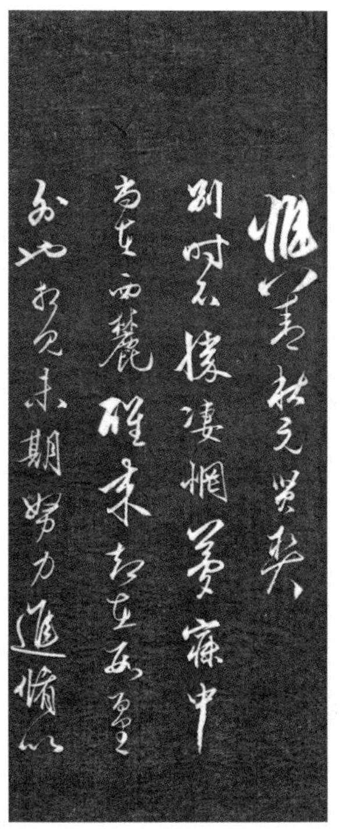

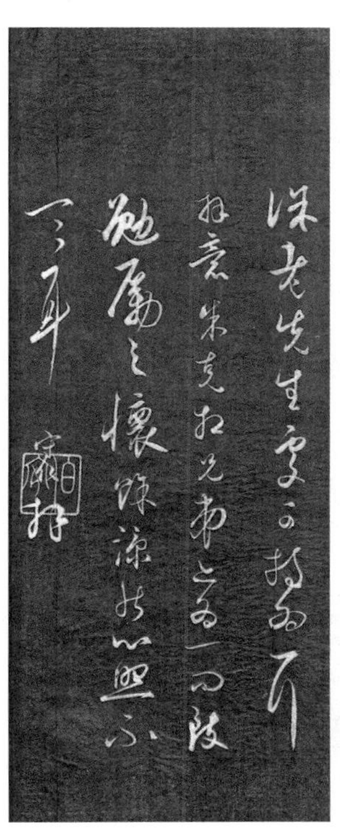

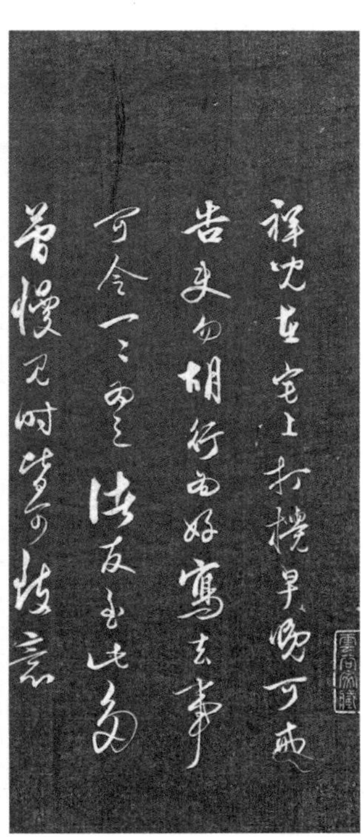

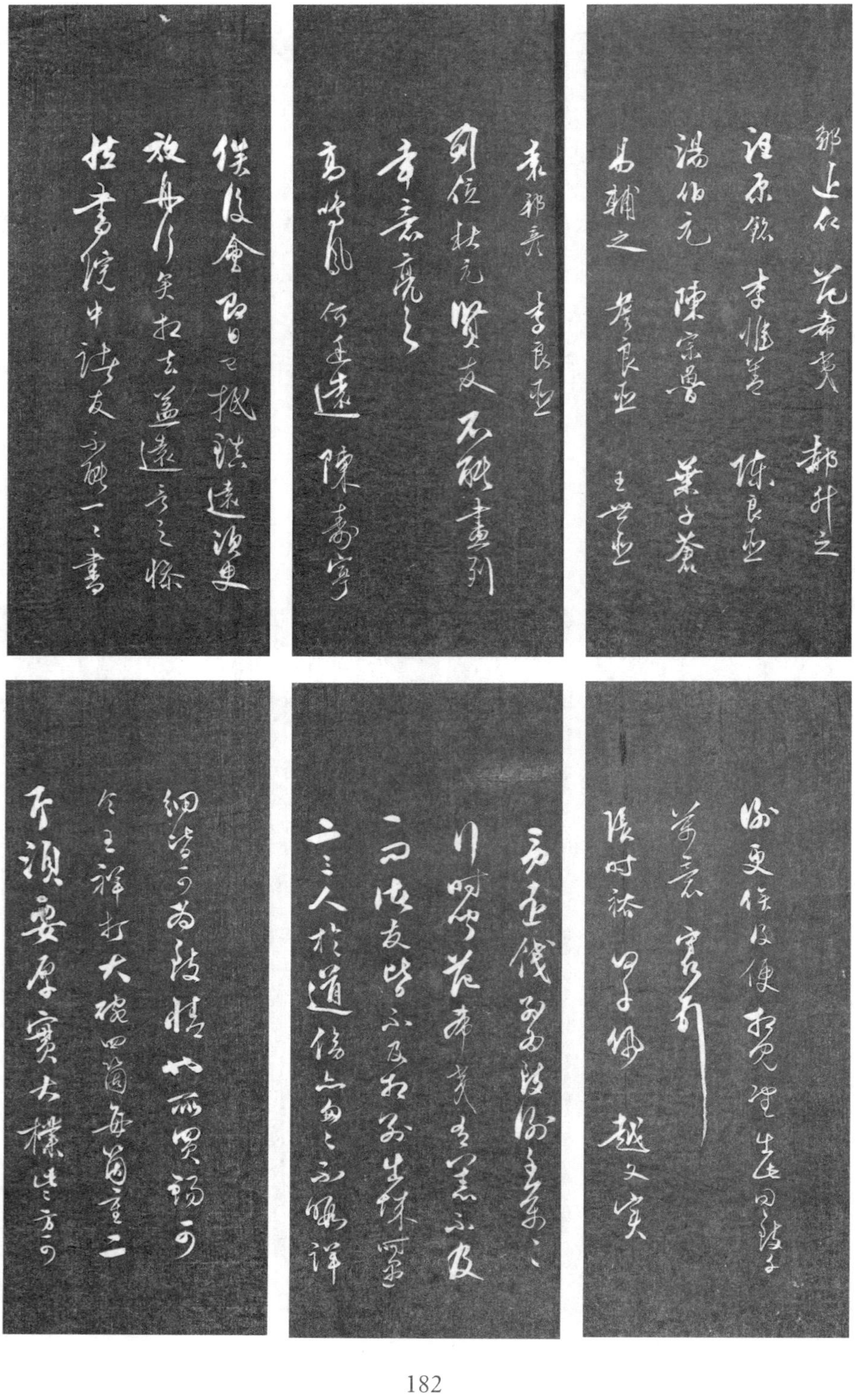

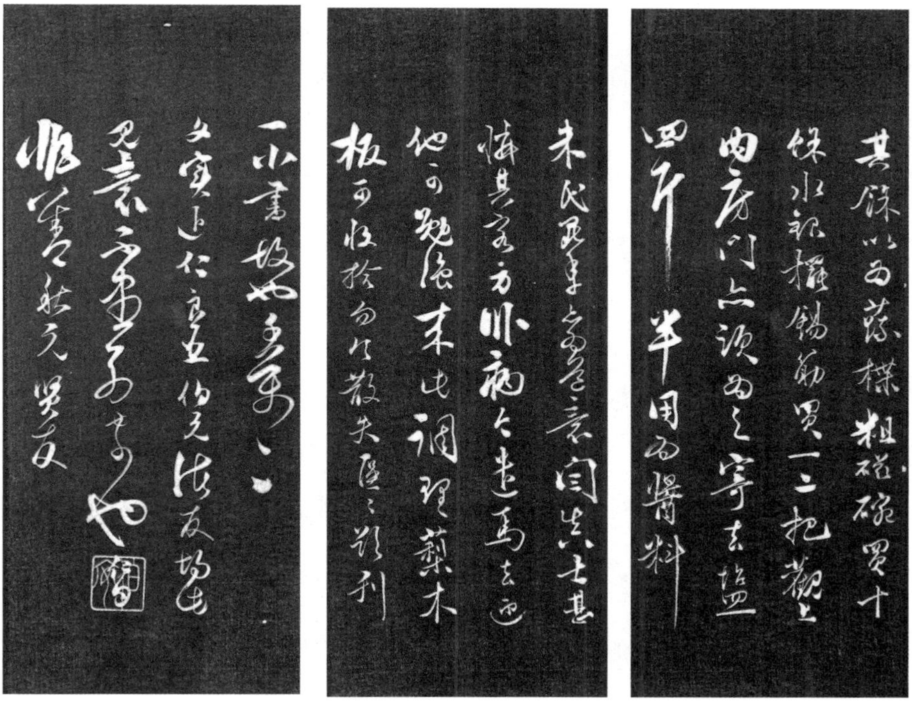

論書法

法帖 119

《論書法》，明王守仁撰并行書，1 開，7 行，輯於《如見齋書鑑》第一册。《如見齋書鑑》，清道光三年段嘉謨摹刻。此帖不分卷數，卷端正書題“如見齋書鑑”。國家圖書館藏初拓本，2 册，册高 33 厘米，寬 19 厘米，凡 55.5 開，鈐“嵐石山房”“滋河玉用綬光梅氏之章”“還讀齋收藏印”“鐵石心腸”“臣綬私印”“行□□印”印。

釋文：

書家之體，雖有真、楷、行、草、篆、隸之不同，其大致貴乎遒勁飄逸。而嫵媚造作，非所貴也。杜少陵所謂“瘦硬方通神”誠哉是言也。書法本有源流，未易輕言執筆，而人品尤重，若顏平原、李北海唐書家皆然。正德五年秋七月，伯安王守仁。

書家之體雖具楷行草篆隸之不
同而大致貴乎遒勁飄逸而精神生
作氣所貴也杜少陵所謂瘦硬方通神
誠哉是言也書法本有源流未可輕之
執筆而人品尤重若顏平原李北海唐書
家皆然

正德壬午秋七月

伯安王守仁

先生不以書名者而爽朗精妙巧力無至即工書者
莫之及也夫惟天姿明睿學有本原故一藝之末而
本體具見史稱先生弱冠登進士善射好言兵倜儻
權奇履險出危巡撫南贛平宸濠之逆總制兩廣致

與應階書

法帖 94

《與應階書》，明王守仁撰并草書，2 開，12 行，高 26 厘米，宽 13 厘米，此帖輯於《天香樓藏帖》第一册。應階，當爲嚴時泰，字應階，餘姚人。明正德六年（1511）進士。《天香樓藏帖》爲清代王望霖撰集，范聖傳鎸刻而成的叢帖，始刻於清嘉慶元年（1796）秋，刻成於清道光十五年（1835）六月。國家圖書館所藏爲清道光拓本，共八卷，續刻二卷，裱爲十册，共 374 開。

釋文：

孤不孝，延禍先子，遠承吊慰，豈勝哀感。逆恶〔之〕人，未即殞滅，微功重賞，適多其罪，詎足以言賀耶！禮意取復，誠不敢當。使者堅不可拒，登拜悚仄，荒迷中莫知所以爲謝。伏愧抆淚，草草不次。孤守仁稽顙疏，應階嚴大人道契文付。七月三日。餘空。

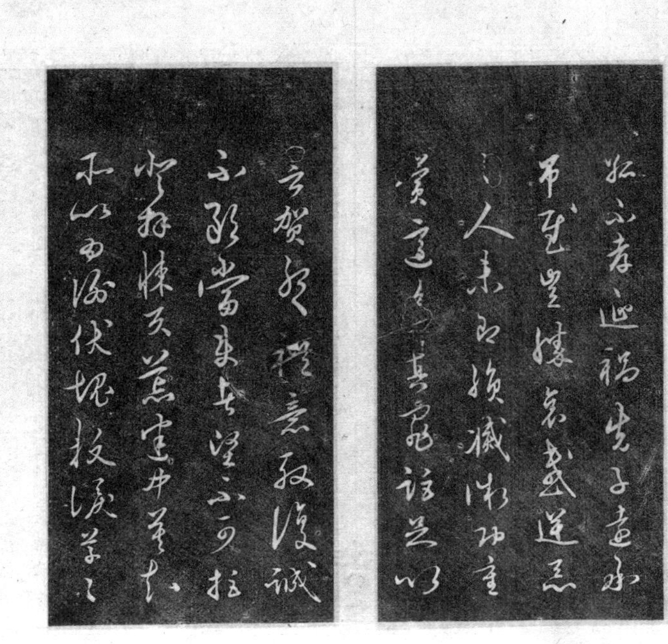

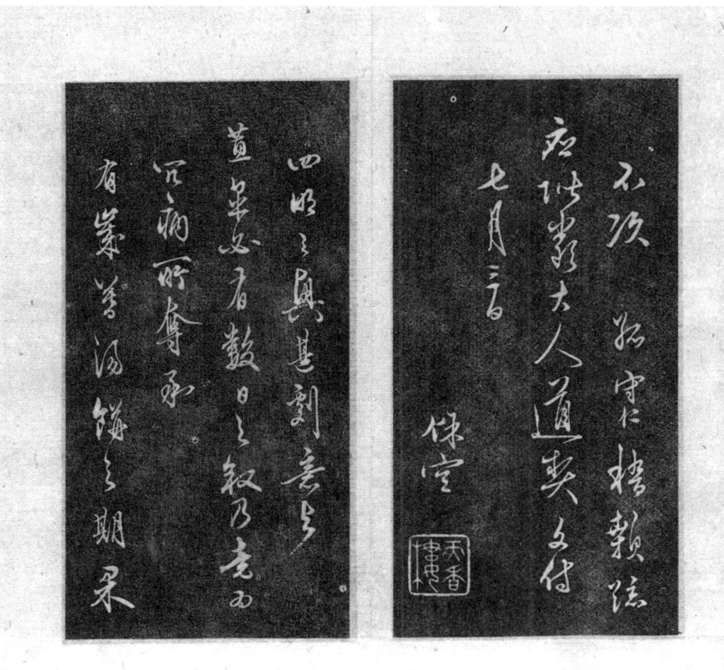

與蕙皋郡伯書

法帖 94

《與蕙皋郡伯書》，明王守仁撰并草書，3 開，19 行，高 26 厘米，寬 13 厘米，此帖輯於《天香樓藏帖》第一册。蕙皋，當爲徐天澤，字伯雨，號蕙皋，明弘治十五年（1502）進士。《天香樓藏帖》爲清代王望霖撰集，范聖傳鎸刻而成的叢帖，始刻於清嘉慶元年（1796）秋，刻成於清道光十五年（1835）六月。國家圖書館所藏爲清道光拓本，共八卷，續刻二卷，裱爲十册，共 374 開。

釋文：

四明之興甚劇，意與蕙皋必有數日之敘，乃竟爲冗病所奪。承有歲暮湯餅之期，果得如是，良亦甚至願，尚未知天意何如耳。喻及楚之誣魏，近亦頗聞其事。然魏之樸實，人亦易見，上司當有能察之者。況楚有手筆可覆，誠僞終必有辨也。魏在薄惑，乃蒙垂念若此，彼此均感至情。楚亦素相愛，不意其心事至此，殊不忍言，可恨，可恨！使還，草草致謝，不盡。九日，守仁頓首，蕙皋郡伯道契兄文付。弟同致意。餘素。

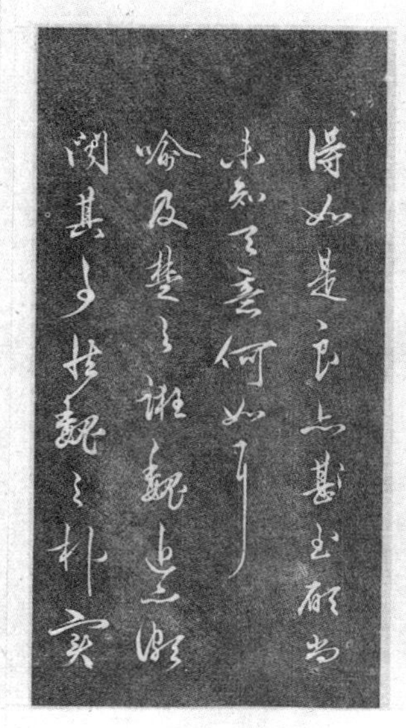

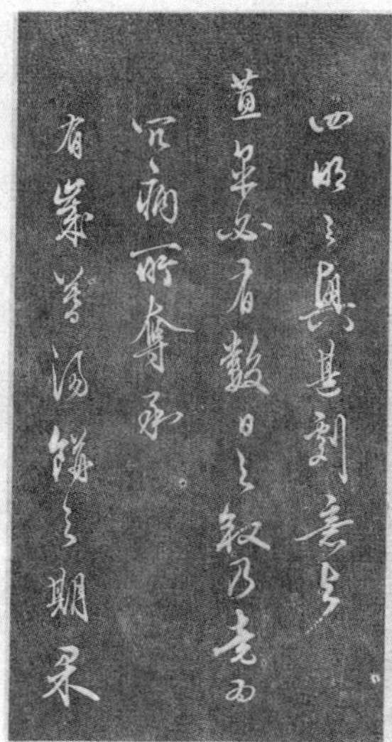

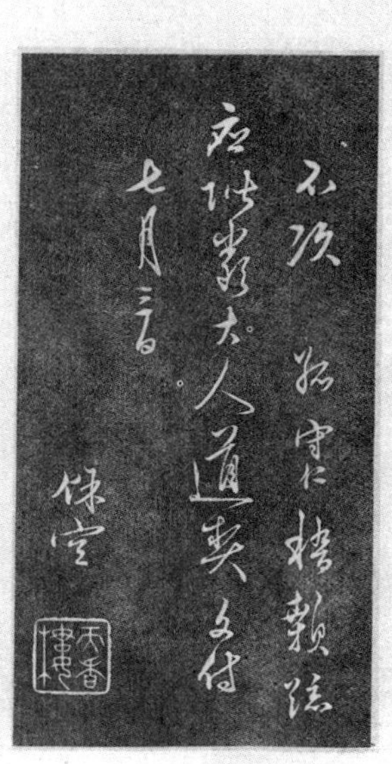

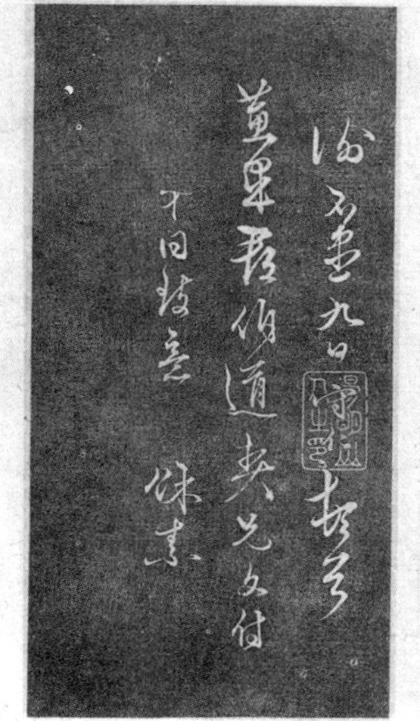

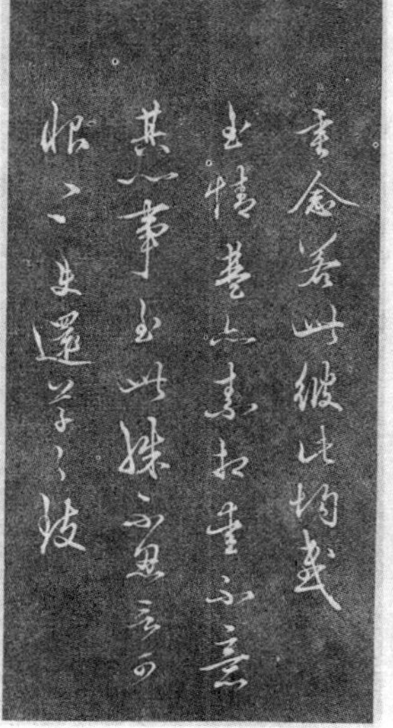

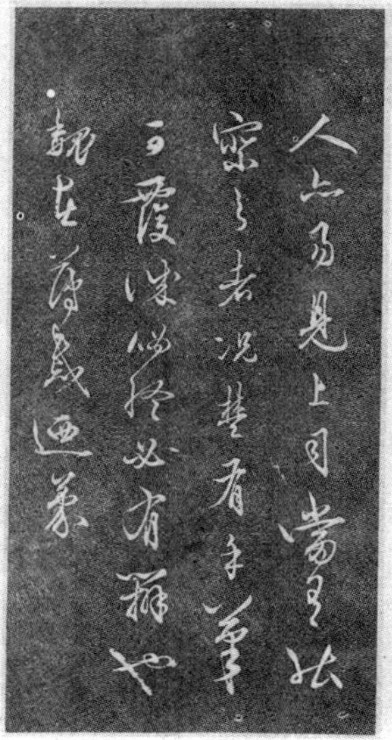

與伯顯賢弟書

法帖 94

《與伯顯賢弟書》，明王守仁撰并草書，4 開，28 行，高 26 厘米，宽 13 厘米，此帖輯於《天香樓藏帖》第一册。伯显贤弟，不詳何人。《天香樓藏帖》爲清代王望霖撰集，范聖傳鎸刻而成的叢帖，始刻於清嘉慶元年（1796）秋，刻成於清道光十五年（1835）六月。國家圖書館所藏爲清道光拓本，共八卷，續刻二卷，裱爲十册，共 374 開。

釋文：

比聞吾弟身體極羸弱，不勝憂念。此非獨大人日夜所慒惶，雖親朋故舊，亦莫不以是爲慮也。弟既有志聖賢之學，懲忿窒欲，是工夫最緊要處。若世俗一種縱欲忘生之事，已應弟所决不爲矣，何乃亦至於此？念汝未婚之前，亦自多病，此殆未必盡如時俗所疑，疾病之來，雖聖賢亦有所不免，豈可以此專咎吾弟。然在今日，却須加倍將養，日充日茂，庶見學問之力，果與尋常不同。吾固自知吾弟之心，弟亦當體吾意，毋爲俗輩所指議，乃於吾道有光也。不久吾亦且歸陽明，當攜弟輩入山讀書講學，旬日始一歸省，因得完養精神，薰陶德性，縱有沉疴，亦當不藥自愈。顧今未能一日而遂言之，徒有惘然，未知吾弟兄終能有此福分否也？來成去，草草，念之念之！長兄陽明居士書，致伯顯賢弟收看。

比闻吾弟身体极羸
弱，不胜忧念。此非独
大人日夜所倚怙，虽亲朋
奴屋亦莫不以是为虑也。

弟既有志圣贤之学，惩忿
窒欲是工夫最紧要处。
若世俗一种纵欲忘生之
事，已应弟所决不为矣。

何还亦至于此？念以未
娶之前，亦自多病，此殆
未尽如时俗所疑。疾
病之来，虽圣贤亦有所

不免，岂可以此专咎吾弟？
然在今日，吾弟加倍将息，
则充日践履学问之力，
求与寻常不同，吾固自

知吾弟之心，本亦当然。吾
意每为俗辈所指议，
乃于吾道有光也。不久
吾亦且归阳明，当携弟

辈入山读书讲学，旬日始
一归省，因得完养精神，薰
陶治性情者，况病亦当不
药自愈，愈亦未晚，一日而

遂之之诮，君惘然未知吾
弟先终体君此福念吾也。
未成其笔，念之之长，先寄
居士书法伯驻矣，弟收看。

九月廿六日始会于石马泉亭
二首
胜地芭蕉久，华亭结构新。
清泉分马颊，白石动鱼鳞。

與希淵司成書

法帖 94

《與希淵司成書》，明王守仁撰并草書，1 開，7 行，高 26 厘米，寬 13 厘米，此帖輯於《天香樓藏帖》第七册。希淵，當爲蔡宗兖，字希淵，浙江山陰人，曾主持白鹿洞書院。司成，官名，掌管教育貴族子弟，後世称國子監祭酒爲“大司成”。《天香樓藏帖》爲清代王望霖撰集，范聖傳鎸刻而成的叢帖，始刻於清嘉慶元年（1796）秋，刻成於清道光十五年（1835）六月。國家圖書館所藏爲清道光拓本，共八卷，續刻二卷，裱爲十册，共 374 開。

釋文：

意力阻之，俟雨後天氣稍涼，然後與振之輩同行也。孤守仁拜希淵司成大人有道，孤因督工，小荸，連日頗病暑，未免回此稍將息一二日間，且復往矣。

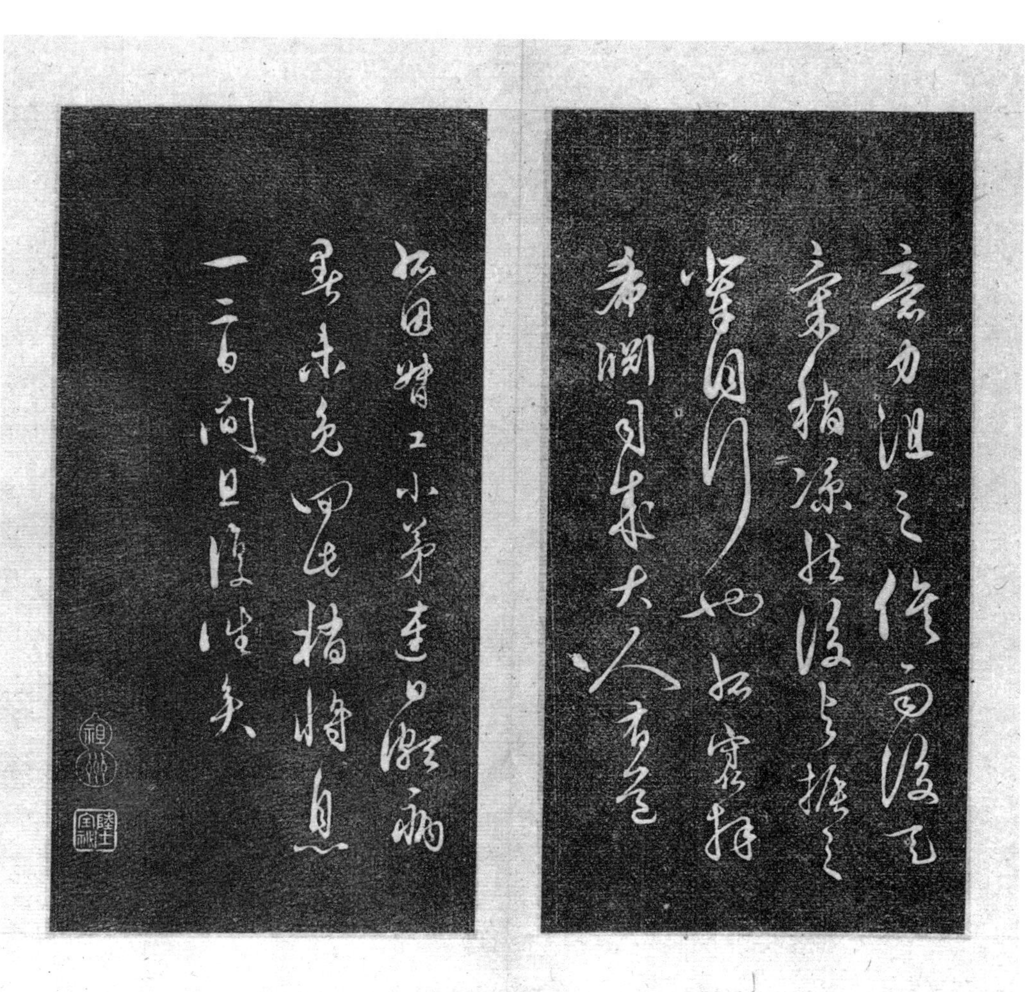

論聚會規程

法帖 369

《論聚會規程》，明王守仁撰并行書，4 開，23 行，高 29 厘米，宽 14 厘米，此帖輯於《湖海閣藏帖》第二册。《湖海閣藏帖》爲清代葉元封撰集，朱安山鎸刻而成的叢帖，刻於清道光十六年（1836）。帖尾附清光緒六年（1880）陸廷黻，清光緒十三年（1887）孫德祖刻跋。國家圖書館所藏爲清光緒拓本，裱爲八册，共 220.5 開。

釋文：

立誠之説，昔已反覆，今不復贅。别後諸君，欲五日一會，尋麗澤之益，此意甚好。此便是不忘鄙人之盛心。但會時亦須略定規程：論辨疑難之外，不得輒説閑話，議評他人長短得失，兼及諸無益事，只收心静坐，閑邪存誠。此是端本澄源，爲學第一義。若持循涵養得熟，各隨分限，自當有進矣。會時但粗飯菜羹，不得盛具肴品，爲酒食之費，此亦累心損志之一，端不可以爲瑣屑而忽之也。舟發匆匆，不盡，不盡！正德丙子九月廿九日，陽明山人守仁書於龍江舟次。

湖海閣藏帖

立誠之說昔已及覆
今不復贅別後諸
君欲五日一會尋思
繹之益此意甚好
此便是不息節今之
學亦但會時亦須略

定規程論辨疑難
之外不得輒說閑話
議評他人長短得失
並及諸無益事只
收心靜坐閑邪存誠
此是端本澄源為學
第一義若持循涵養
得熟各隨分限自當

有進矣
然時但粗飯菜羹亦得
盛具肴品為酒食之
費此亦累心損志之一端
不可以為瑣屑而忽之
也再發數數不盡盡
正德丙子九月廿九日陽
明山人守仁書于龍江

再次

嘉慶庚辰五月借觀此卷因手摹陽明先生一
札藏之海上山人張嘉識于廣陵寓齋
先生所論聚會規程切中學者之弊有寮于此
則凡放言高論以招忿尤酒食徵逐以相娛樂者
庶乎鮮矣五月十九日嘉又跋

先生立誠之學隨處皆是講學宜于群
聚時防閑使此心長存腔子裏夢渙既
得此卷不特玩其真蹟且可置諸座右
為家藏世寶何幸如之道光癸巳仲冬
月杪後學朱文治謹識

與世亨侍御書

法帖 369

《與世亨侍御書》，明王守仁撰并行書，2 開，14 行，高 29 厘米，宽 14 厘米，此帖輯於《湖海閣藏帖》第二册。世亨侍御即指周震，字世亨，號半塘，昆山人。《湖海閣藏帖》爲清代葉元封撰集，朱安山鎸刻而成的叢帖，刻於清道光十六年（1836）。帖尾附清光緒六年（1880）陸廷黻，清光緒十三年（1887）孫德祖刻跋。國家圖書館所藏爲清光緒拓本，裱爲八册，共 220.5 開。

釋文：

寧賊之變，遠近震懾，閲月餘旬，而四方之援，無一人至者，獨閩兵聞難即赴，此豈惟諸君忠義之激烈，亦調度方略過人遠矣。區區有所倚賴，幸遂了事，未及一致感謝，而反辱箋奬，感怍，感怍！使還，冗極未能細裁，草草，幸心照。守仁頓首啓，世亨侍御先生道契。餘空。

寧賊之變遠近洶
懔閱月休向西四方
之援無一人至者獨
閩兵閩難以赴此
聖懷
深民桑梓之懷益以
閩度才略過人遠矣甚
有不待援筆遙遙
未及一一披瀝西友屏
筆將感悚之使匆匆
極未能細載草草未
一一 [illegible] 不一
世弟侍御先生道契
休共

江省之變其畧已具公文大抵此逆畜謀已
非一日其窮兇極惡神怒人怨決敗無疑但
其氣焰方熾此中兵力寡弱又閩省無一官

與周侍御書

法帖 369

《與周侍御書》，明王守仁撰并行書，2 開，13 行，高 29 厘米，寬 14 厘米，此帖輯於《湖海閣藏帖》第二册。此信寫給二位周侍御，其一爲周震（世亨），其一爲周文儀。《湖海閣藏帖》爲清代葉元封撰集，朱安山鎸刻而成的叢帖，刻於清道光十六年（1836）。帖尾附清光緒六年（1880）陸廷黻，清光緒十三年（1887）孫德祖刻跋。國家圖書館所藏爲清光緒拓本，裱爲八册，共 220.5 開。

釋文：

江省之變，其略已具公文。大抵此逆畜謀已非一日，其窮凶極惡，神怒人怨，決敗無疑。但其氣焰方熾，此中兵力寡弱，又闔省無一官不肯爲用。近因户部奏革商税，南贛屯聚之兵，無所仰給，已放散，復欲召集，非數月不能，此事極可痛恨。二公平日忠義自許，當兹國難，忠憤激烈，不言可知。切望急促僉事周期雍公文内尚未坐定名字者，未審周今安在，且欲二公坐名促之來也。區區已先將弱卒牽制其後，使不得安意前進，但遲留半月，南都有備，四方勤王之師漸集，必成擒矣。百冗中，言不能悉。守仁頓首，二位周侍御先生道契。

兩司進見，幸悉以此意布之。杜太監已被虜。閩事有諸公在，當無慮。此事宗社安危所繫，不得不先圖之也。

未及一一致感谢西友厚
爱将感，非二使逐亟
极未于酒载笔，手
以启 守仁 前兮所
吾亨侍御先生道契
休忠

江省之變其畧已具公文大抵此逆畜謀已
非一日其窮兇極惡神怒人怨决敗無疑但
其氣焰方熾此中兵力寡弱又闔省無一官

不肯為用近因戶部奏革商稅南贛屯聚
之兵無所仰給已放散復欲召集非數月不能
此事極可痛恨二公平日忠義自許當茲國
難忠憤激烈不言可知切望急促僉事周期雍
公文內尚未坐定名字者未審周今安在且欲
二公坐名促之來也區區已先將弱卒牽制其後
使不得安意前進但遲留半月南都有備四方
勤王之師漸集必成擒矣百冗中言不能悉
守仁頓首
二位周侍御先生道契
兩司進見幸悉以此意布之杜太監已被虜閑事有
諸公在當無慮此事 宗社安危所係不得不急圖之也

與德潤及克明書

法帖 369

《與德潤及克明書》，明王守仁撰并行書，4 開，19 行，高 29 厘米，寬 14 厘米，此帖輯於《湖海閣藏帖》第二册。《湖海閣藏帖》爲清代葉元封撰集，朱安山鎸刻而成的叢帖，刻於清道光十六年（1836）。帖尾附清光緒六年（1880）陸廷黻，清光緒十三年（1887）孫德祖刻跋。國家圖書館所藏爲清光緒拓本，裱爲八册，共 220.5 開。

釋文：

舍人王勳來，嘗辱手札，匆匆中未暇裁答，爲愧。今此子已襲指揮使，頭角頓爾崢然，而克明、德潤未免淹滯於草野，此固高人傑士之所不足論，然世事之顛倒，大率類此，亦可發一笑也。因此子告還，潦草布問，不一一。守仁頓首，德潤夏先生、克明朱先生二契家。凡相識處，特望致意。

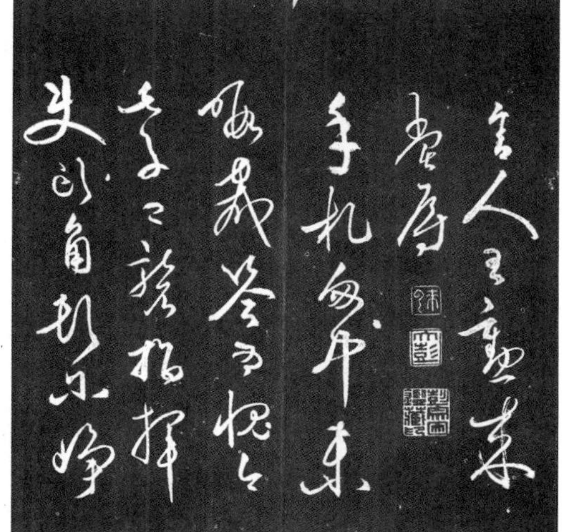

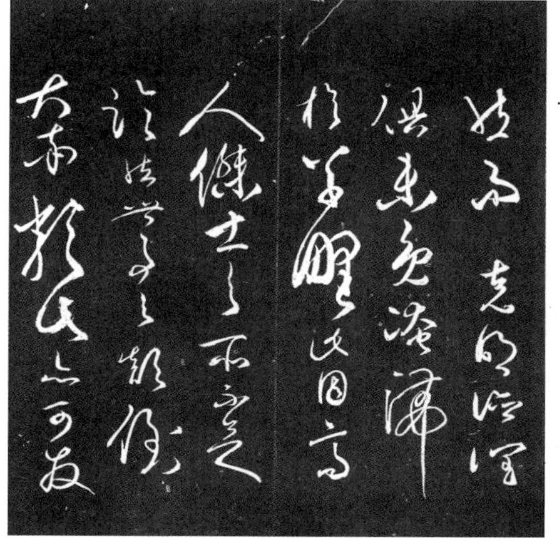

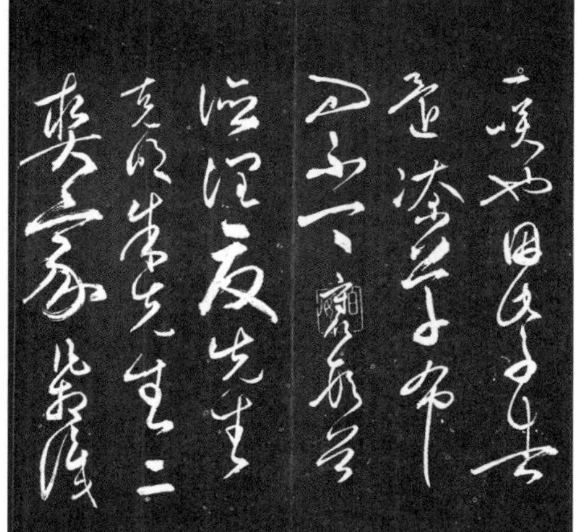

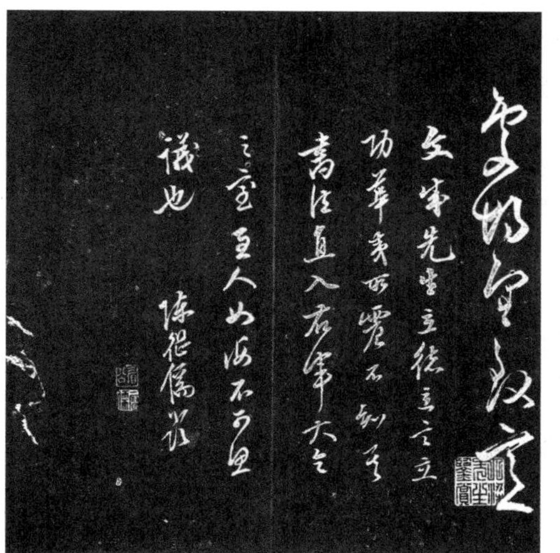

爲學銘

法帖 237

《爲學銘》，明王守仁撰，清涂鴻占正書，5 開，30 行，高 29 厘米，宽 14 厘米，此帖輯於《見遠山房帖》第一册。《見遠山房帖》全收清涂鴻占書法作品，由清張補堂鎸刻，刻於清道光二十一年（1841）。國家圖書館所藏爲初拓本，裱爲四册，共 56 開。

釋文：

爲學銘

來爾同志，古訓爾陳。惟古爲學，在求放心。心苟或放，學乃徒勤。勿憂文辭之不富，惟慮此心之未純；勿憂名譽之不顯，惟慮此心之或湮。斯須不敬鄙慢人，造次不謹放僻成。反觀而内照，虚己以受人。言勿傷於煩易，志勿惰於因循。勿以亡而爲有，勿以虚而爲盈。勿遂非而文過，勿務外而徇名。温温恭人，允惟基德。堂堂張也，難與爲仁。卓爾在如愚之回，一貫乃質魯之參。終身可行爲一恕，三年之功去一矜。不貴其辯貴其訥，不患其鈍患其輕。惟黽焉而時敏，乃暗然而日新。凡我同志，宜鑒兹銘。塗鴻占書，錢唐張補堂鎸。

爲學銘

来爾同志古訓爾陳惟古爲學在求放心心苟或放學乃徒勤勿憂文辭之不富惟慮此心

之未純勿憂名譽之不顯惟慮此心之或湮斯須不敬鄙慢入造次不謹放僻成反觀而内照虚己以受人言

勿傷於煩易志勿惰於因循勿以己而爲有勿以虚而爲盈勿遂非而文過勿務外而徇名温温恭人允惟基

德堂堂張也難與爲仁卓爾在如愚之回一貫乃質魯之參終身可行爲一恕三年之功去一矜不貴其辯貴

其訥不患其鈍患其輕惟邑焉而時敏乃闇然而日新凡我同志宜鑒兹銘

涂鴻占書

與子上三十弟書

法帖 466

《與子上三十弟書》，明王守仁撰并行書，2 開，9 行，高 33 厘米，宽 19 厘米，此帖輯於《南雪齋藏真》酉集。子上三十弟，不詳爲誰。《南雪齋藏真》是由清伍葆恒撰集，清郭子堯、區遠祥、梁天錫鐫刻而成的叢帖，刻成於清咸丰二年（1852）正月。國家圖書館所藏爲初拓本，烏金拓，綫裝，十二卷，裱爲十二册，共 251 葉。

釋文：

凡事須要點檢，不可一毫有怠惰意，纔免後悔。弟作事勇猛，未免有過分之病。今早人來説弟爲錢家事受惱。此亦不必惱，少緩三四日，渠自悔心生乏趣耳，不必執著。切祝。劣兄守仁頓首，子上三十弟足下。

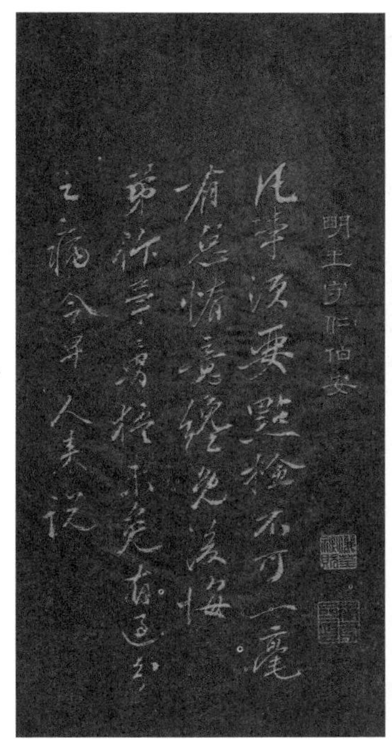

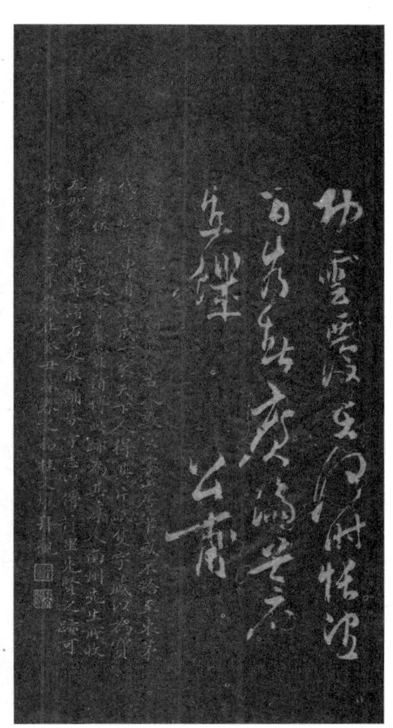

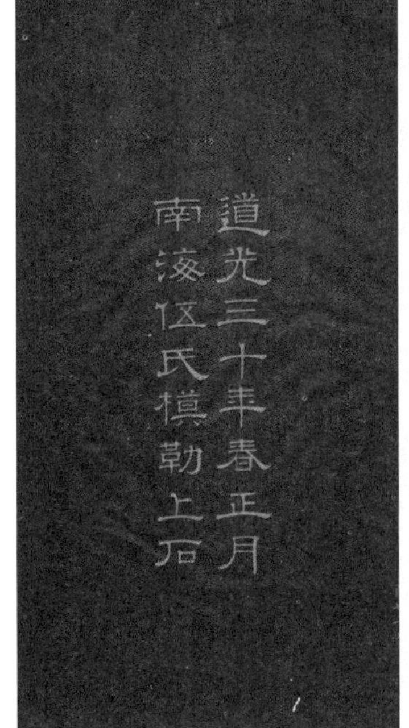
道光三十年春正月
南海伍氏模勒上石

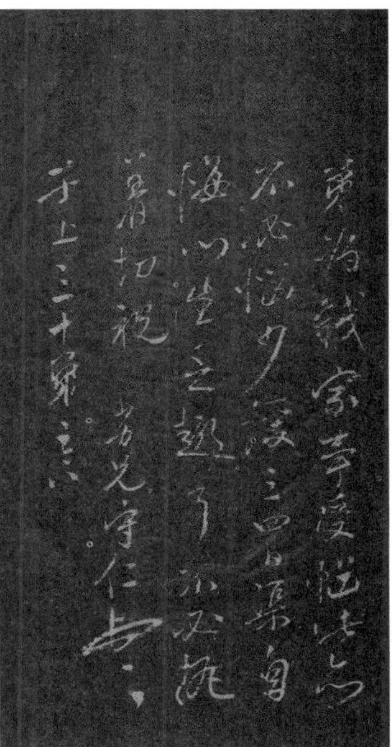

與惟善書

法帖 161

《與惟善書》,（明）王守仁撰并行书，2 開，9 行，高 37 厘米，宽 20 厘米，此帖輯於《岳雪樓鑒真法帖》申册。惟善指李元，字惟善。《岳雪樓鑒真法帖》是由清孔廣陶撰集而成的叢帖，刻於光绪七年（1881）四月。國家圖書館所藏《岳雪樓鑒真法帖》，綫裝本，十二卷，初拓，裱爲十二册，共 552 葉，前有徐德度書帖目。

釋文：

祥兒在宅上打攪，早晚可戒告，使勿胡行爲好，寫去事可令一一爲之。諸友至此多簡慢，見時皆可致意。徐老先生處可特爲一行拜意，朱克相兄弟，亦爲一問，致勉勵之懷。餘諒能心照，不一一耳。守仁拜。惟善秋元賢契。

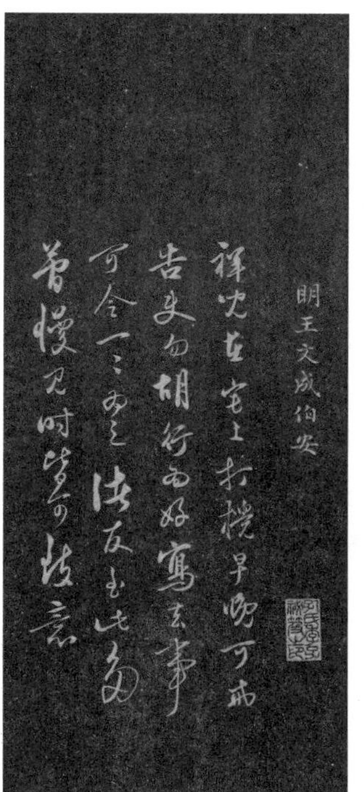
明王文成伯安

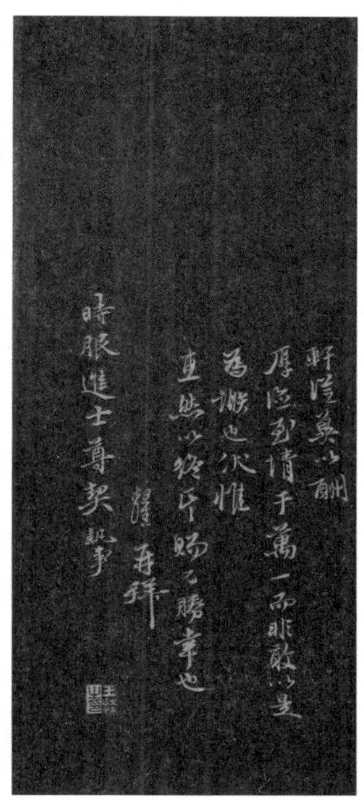

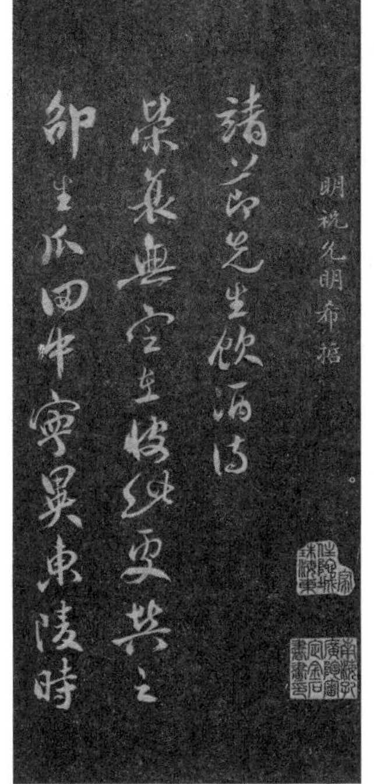
明祝允明希哲

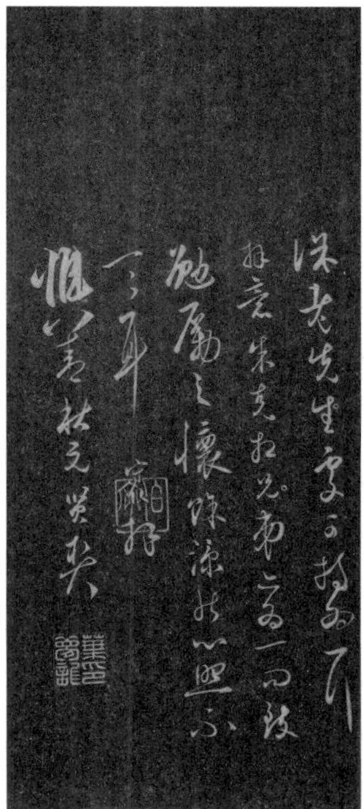

旋呼自續七字楹聯

法帖 169

《旋呼自續七字楹聯》，明王守仁撰并草书，聯中“採石仙人”指唐李白，“西湖處士”指宋林逋。1 開，2 行，高 30 厘米，宽 14 厘米，此帖輯於《古今楹聯彙刻》第一册。《古今楹聯彙刻》，所收皆爲楹聯書法作品，清代吴隱撰集并摹勒，刻於清光緒二十六年（1900）秋日。國家圖書館藏《古今楹聯彙刻》十二集，爲初拓本，裱爲十二册，共 197.5 開，附刻嚴廷楨刻書總目。

釋文：

旋呼採石仙人酒，自續西湖處士詩。陽明山人書。

長洲吴原博寬成化狀元諡文定
養心源如水裏
讀義經春風中
吴寬
餘姚王陽明守仁封新建伯諡文成
陽明山人書

獨惟激烈七字楹聯

法帖 169

《獨惟激烈七字楹聯》，明王守仁撰并草书，1 開，2 行，高 30 厘米，寬 14 厘米，此帖輯於《古今楹聯彙刻》第一册。《古今楹聯彙刻》，所收皆爲楹聯書法作品，清代吴隱撰集并摹勒，刻於清光緒二十六年（1900）秋日。國家圖書館藏《古今楹聯彙刻》十二集，爲初拓本，裱爲十二册，共 197.5 開，附刻嚴廷楨刻書總目。

釋文：

獨惟方略過人遠，激烈忠義世難能。守仁。

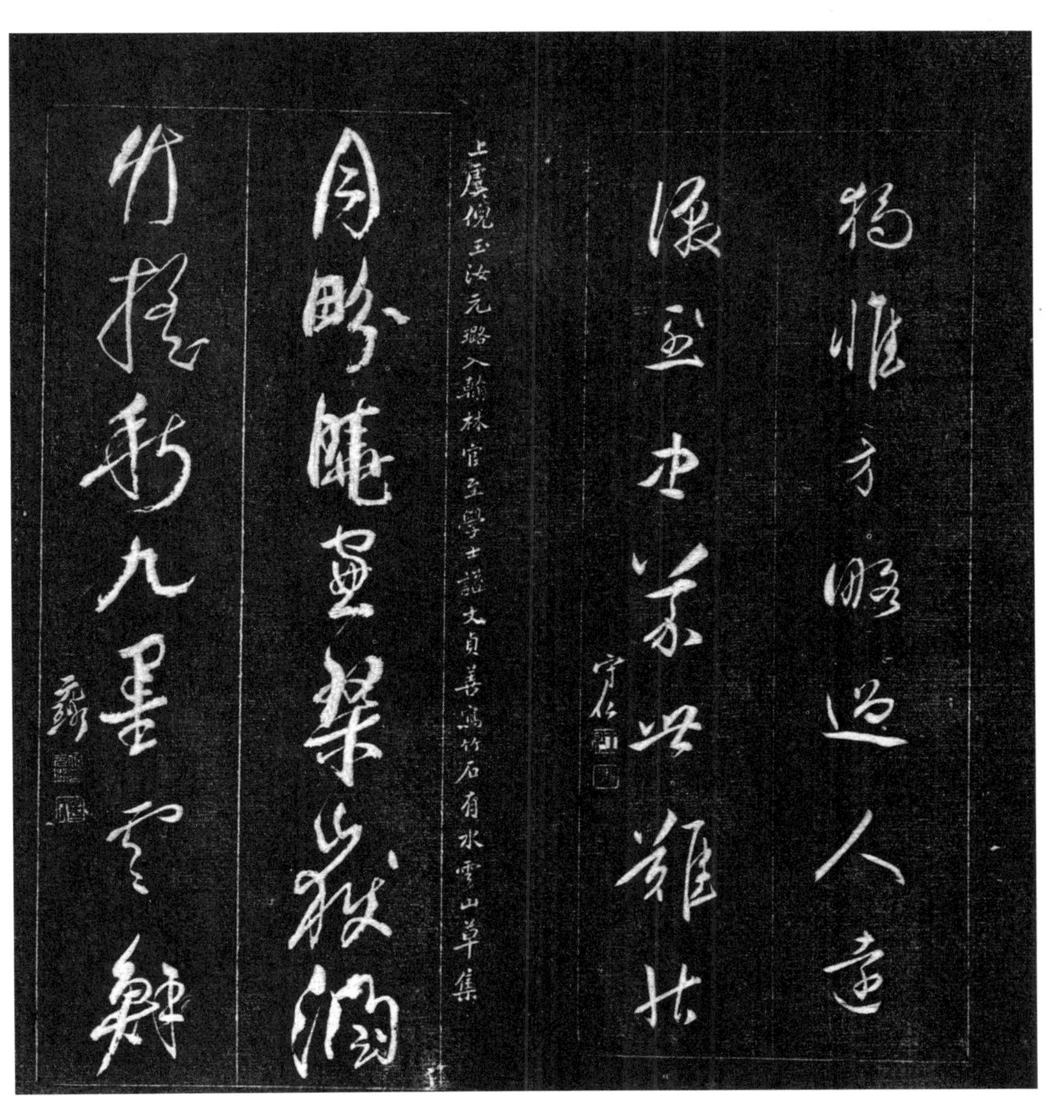
上虞倪玉汝元璐入翰林官至學士謚文貞善寫竹石有水雲山草集

與世亨書

法帖 476

《與世亨書》，明王守仁撰并行書，3 開，14 行，高 30 厘米，寬 14 厘米，此帖輯於《小長蘆館集帖》卷四。世亨指周震，字世亨。《小長蘆館集帖》是清代嚴信厚撰集，吴隱、葉銘摹刻而成的一部叢帖，刻於清光绪二十六年（1900）秋日。國家圖書館所藏《小長蘆館集帖》爲初拓本，裱爲八册，共 204 開。

釋文：

寧賊之變，遠近震懾，閱月餘旬，而四方之援，無一人至者，獨閩兵聞難即赴，此豈惟諸君忠義之激烈，亦調度方略過人遠矣。區區有所倚賴，幸遂了事，未及一致感謝，而反辱箋獎，感怍，感怍！使還，冗極未能細裁，草草，幸心照。守仁頓首啓，世亨侍御先生道契。餘空。

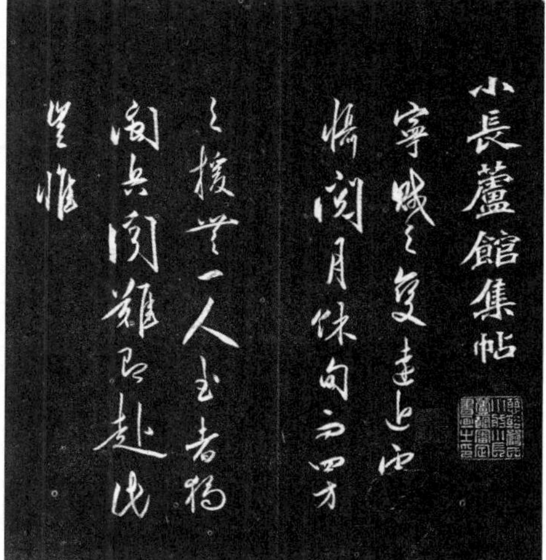
小長蘆館集帖

與賓陽司馬書四通

法帖 89

《與賓陽司馬書四通》，明王守仁撰并草書，9 開，63 行，高 31 厘米，宽 13 厘米，此帖輯於《玉虹鑒真帖》第十二册。賓陽，指路賓陽，《玉虹鑒真帖》是由清代孔繼涑撰集摹勒而成的叢帖，刻於乾隆年間（1736—1795）。國家圖書館所藏爲清道光拓本，裱爲十二册，共 318 開，鈐“陳雲瀛印”“梁氏珍藏”“紫蓬”印。

釋文：

賓陽質美近道，固吾素所屬望。昨行，必欲得一言，此見賓陽好學書篤，然淺鄙之見平日已爲賓陽盡之矣。君子之學，譬若種植然，其始也，求嘉種而播之，沃灌耘耔，防其踐收，去其蝥蜮，暢茂條達，無所與力焉。今嘉種之未播，而切切然日講求於苗秀實獲之事，以望有秋，其於謀食之道遠矣。賓陽以爲何如？北行見甘泉，遂以此意質之。外書三紙，煩從者檢入。守仁頓首，賓陽司馬道契文付，九月八日。餘空。

賓陽視予兹卷，請一言之益。湛子之説詳矣，凡予之所欲言者，湛子既皆言之，予又何贅？雖然，予嘗有立志之説矣，果從予言而持循之，則湛子之説亦在其中。夫言之啓人於善也，若指迷途，其至之則存乎其人，非指迷途者之所能與矣。孔子云：“爲仁由己，而由人乎哉！”賓陽勉之，無所事於予言。正德丙子九月廿八日，陽明山人王守仁書於龍江舟次。

聞有守郡之擢，甚爲襄陽之民喜。仕學一道，必於此有得力處，方是實學；不然，則平日所講盡成虚語矣。“有民人焉，有社稷焉，何必讀書，然後爲學？”子路之言，未嘗不是。賓陽質美而志高，明德親民之功，吾見其有成也。區區乞休已三上，尚未得報。地方盜賊雖幸稍靖，然將來之事尚未可測，及今猶可作好散場；不然，終不免於淪胥以溺，奈何奈何！偶便，附此致間闊，不能一一。守仁頓首，賓陽郡伯道契文付。十一月廿七日。餘空。

舟行匆匆，手卷未及别寫，聊於甘泉文字後跋數語奉納。厚情亦未及裁謝，千萬照恕。守仁頓首，賓陽司馬道契文付。凡相知中，乞爲致意。

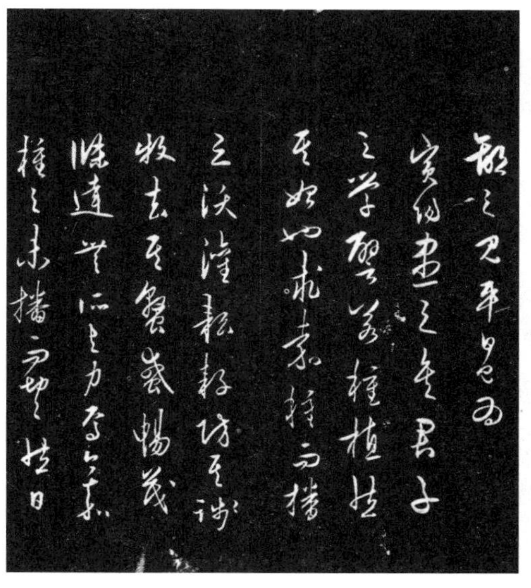

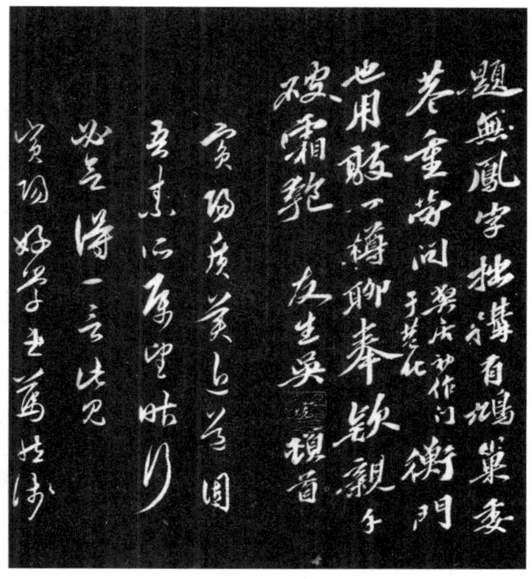

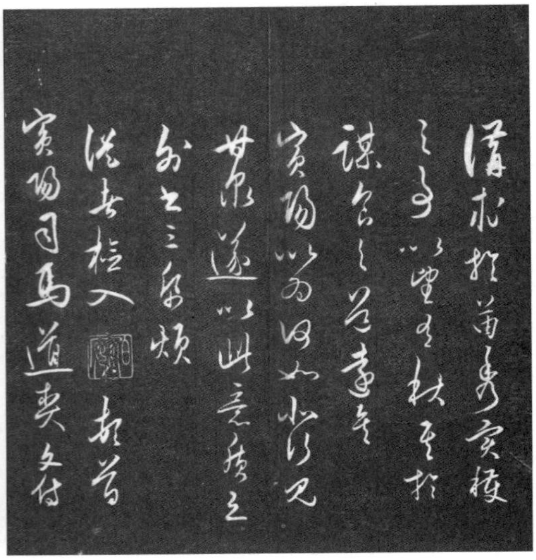

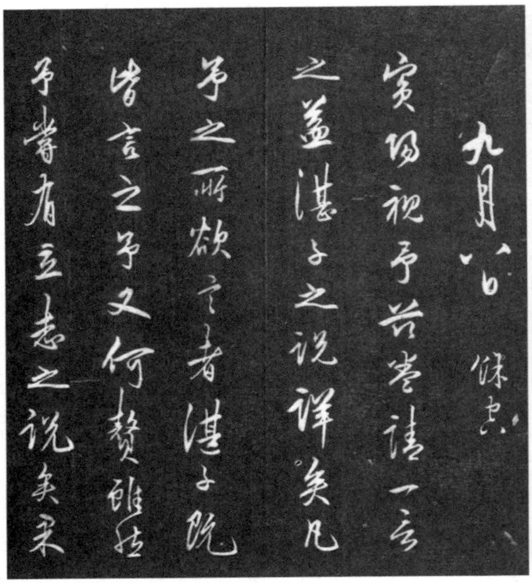

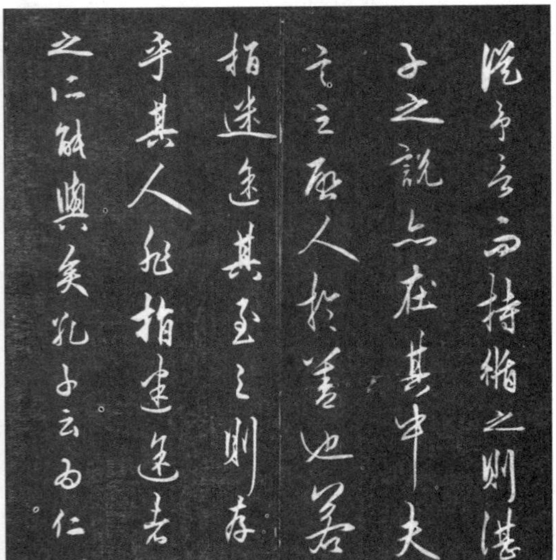

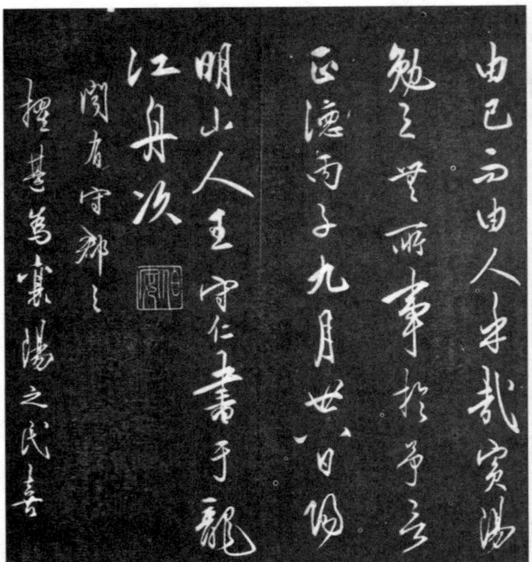

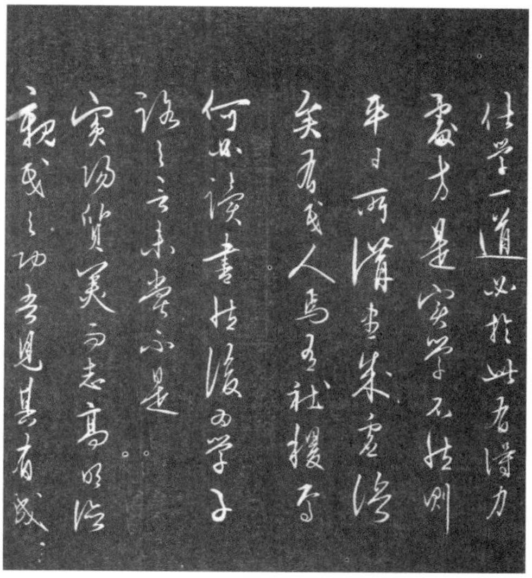

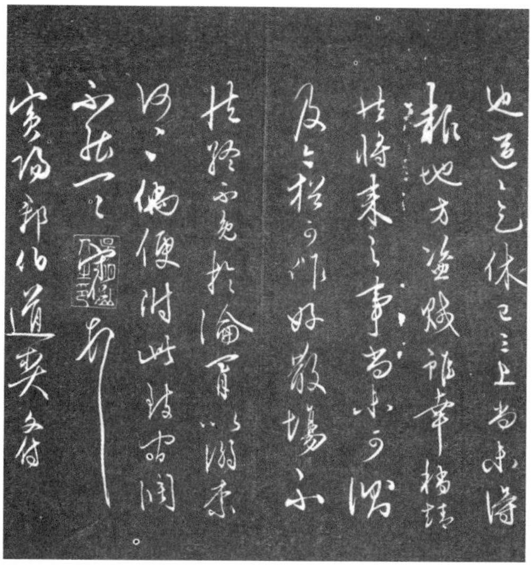

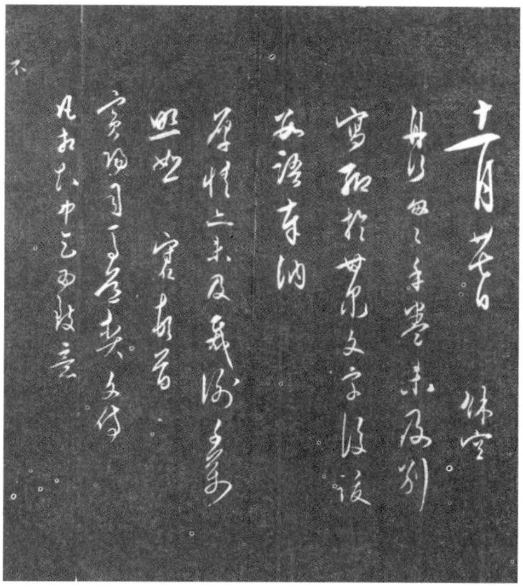